A REVOLUÇÃO DOS BICHOS

George Orwell

A REVOLUÇÃO DOS BICHOS

Tradução de Rodrigo Oliveira

Título original: *Animal Farm*

Culturama Editora e Distribuidora Ltda.
Rua Vico Costa, 54, Cidade Nova
Caxias do Sul - RS - 95112-095
sac@culturama.com.br
www.culturama.com.br
(54) 3027.3827

Diretor-geral: *Fabio Hoffmann*
Gerente estratégica: *Juliana Corso Thomaz*
Gerente editorial: *Naihobi Steinmetz Rodrigues*
Editora: *Sabrina Didoné*
Tradução: *Rodrigo Oliveira*
Capa: *Pedro Fracchetta*
Projeto gráfico e diagramação: *Sidney Guerra*
Revisão: *Luciana Moreira e Vânia Valente*

Dados Internacionais de Catalogação na Publicação (CIP)

Orwell, George, 1903-1950

A revolução dos bichos / George Orwell ; [tradução Rodrigo Oliveira].. — 1.ed. — Caxias do Sul (RS) : Culturama Editora e Distribuidora, 2022.

Título original: Animal farm

ISBN: 978-65-5524-637-7

1. Ficção inglesa I. Título.

22-106178

CDD 823

Índices para catálogo sistemático:
1. Ficção : Literatura inglesa 823

Maria Alice Ferreira - Bibliotecária - CRB-8/ 7964

Grafia atualizada seguindo o novo Acordo Ortográfico da Língua Portuguesa.

Sumário

Capítulo 1

O Sr. Jones, da Granja do Solar, tinha trancado os galinheiros para a noite, mas estava bêbado demais para se lembrar de fechar as portinholas. Com o anel de luz de sua lanterna dançando de um lado para o outro, cambaleou pelo pátio, arrancou as botas na porta dos fundos, pegou um último copo de cerveja do barril na área de serviço e seguiu para a cama, onde a Sra. Jones já estava roncando.

Assim que a luz no quarto se apagou, houve uma agitação e um farfalhar por todos os edifícios da fazenda. Durante o dia correu a notícia de que o velho Major, um premiado porco branco, tinha sonhado um estranho sonho na noite anterior e queria comunicá-lo aos outros animais. Tinha sido combinado que todos se reuniriam no grande estábulo assim que o Sr. Jones estivesse fora do caminho. Major (como era chamado, ainda que seu nome nas exibições fosse Belezinha Willingdon) era tido em tão alta estima na fazenda que todos estavam prontos para perder uma hora de sono para ouvir o que ele tinha a dizer.

Em um dos cantos do grande celeiro, em um tipo de plataforma mais elevada, Major já estava aconchegado em sua cama de palha, sob uma lanterna pendurada em uma viga. Ele tinha

12 anos e nos últimos tempos tinha se tornado um tanto corpulento, mas ainda era um porco de aparência majestosa, com ar de benevolência, apesar do fato de suas presas nunca terem sido cortadas. Em pouco tempo, os outros animais começaram a chegar e se aconchegar, cada um ao seu modo. Primeiro vieram os três cachorros, Florzinha, Jessie e Pincher; depois, os porcos, que se posicionaram nas palhas imediatamente em frente à plataforma. As galinhas se empoleiraram nos batentes das janelas e os pombos voaram para as vigas, as ovelhas e vacas se deitaram atrás dos porcos e começaram a ruminar. Os dois cavalos de carga, Lutador e Sortuda, entraram juntos, caminhando lentamente e tomando muito cuidado com o lugar onde descansavam seus grandes e cabeludos cascos, temendo algum animal menor oculto nas palhas. Sortuda era uma égua volumosa, que nunca tinha recuperado totalmente a aparência depois da quarta cria. Lutador era uma fera enorme, de quase dezoito palmos de altura, forte como dois cavalos comuns. Uma faixa branca que descia seu focinho dava a ele uma aparência estúpida e, de fato, ele não estava nos graus mais elevados de inteligência, mas todos o respeitavam por sua firmeza de caráter e tremenda força para o trabalho. Depois dos cavalos veio Muriel, a cabra branca, e Benjamin, o burro. Benjamin era o animal mais velho da fazenda e o de pior temperamento. Ele raramente falava, mas quando o fazia era geralmente um comentário cínico – por exemplo, costumava dizer que Deus tinha dado a ele uma cauda para afastar as moscas, mas que ele preferia não ter cauda nem mosca alguma. Único entre os animais da fazenda, ele nunca ria. Caso alguém perguntasse o motivo, ele dizia que não via motivo para rir. No entanto, sem admitir publicamente, ele era muito dedicado a Lutador; os dois costumavam passar os domingos juntos no pequeno padoque que ficava depois do pomar, pastando lado a lado, sem dizer uma palavra.

Os dois cavalos tinham acabado de se deitar quando uma ninhada de patinhos que tinha perdido a mãe entrou no celeiro, piando e andando de um lado para o outro, procurando um lugar onde não fossem pisoteados. Sortuda, com sua grande perna traseira, improvisou um tipo de muro ao redor dos patinhos, que se aninharam e prontamente caíram no sono. No último momento, Mollie, a bela e tola égua branca que puxava a charrete do Sr. Jones, entrou com todo cuidado e delicadeza, mascando um torrão de açúcar. Ela se posicionou perto da frente e começou a balançar sua crina branca, querendo chamar a atenção para as fitas vermelhas amarradas nela. A última a entrar foi a gata, que olhou ao redor, buscando, como sempre, o lugar mais aquecido e finalmente se espremeu entre Lutador e Sortuda, e ali ronronou satisfeita durante todo o discurso do Major, sem ouvir nem uma palavra sequer do que ele dizia.

Todos os animais agora estavam presentes, exceto Moisés, o corvo de estimação, que dormia em um poleiro atrás da porta dos fundos. Quando Major viu que todos estavam confortáveis e esperando atentamente, ele pigarreou e começou:

"Camaradas, já ficaram sabendo do estranho sonho que tive na noite passada. Mas falarei do sonho mais tarde. Tenho algo mais a dizer primeiro. Acredito que meus anos entre vocês não sejam muitos mais, e antes de morrer, sinto que é meu dever compartilhar a sabedoria que adquiri. Vivi uma vida longa, tive muito tempo para pensar sozinho na minha baia e acho que posso dizer que entendo a natureza da vida nesta terra tanto quanto qualquer outro animal vivo. É sobre isso que quero falar a vocês.

"Agora, camaradas, qual é a natureza dessa vida que vivemos? Encaremos os fatos: nossas vidas são miseráveis, trabalhosas e curtas. Nascemos, recebemos comida suficiente apenas para que continuemos respirando e aqueles de nós que são capazes são forçados a trabalhar até o último átomo de nossas forças; e no exato instante em que nossa utilidade e chega ao fim, somos mortos com terrível crueldade. Animal algum na Inglaterra conhece o significado da felicidade ou do lazer depois de completar

1 ano de idade. Animal algum na Inglaterra é livre. A vida de um animal é sofrimento e escravidão. Essa é a verdade mais plena.

"Mas seria isso simplesmente a ordem natural das coisas? Seria porque esta nossa terra é tão pobre que não pode proporcionar uma vida decente para aqueles que a habitam? Não, camaradas, mil vezes não! O solo da Inglaterra é fértil, o clima é bom, é capaz de fornecer comida em abundância para um número muito maior de animais do que a habitam no momento. Esta fazenda sozinha poderia sustentar uma dúzia de cavalos, vinte vacas, centenas de ovelhas – e todos vivendo com o conforto e a dignidade que, no momento, estão quase além da nossa capacidade de imaginação. Então por que continuamos nessa condição miserável? Porque praticamente todo o produto do nosso trabalho é roubado de nós por seres humanos. Ali, camaradas, está a resposta para todos os nossos problemas. Resumida em apenas uma palavra: homem. O homem é nosso único inimigo verdadeiro. Remova o homem de cena e a causa da fome e do excesso de trabalho está abolida para sempre.

"O homem é a única criatura que consome sem produzir. Ele não dá leite, ele não põe ovos, ele é fraco demais para puxar um arado, ele não corre rápido o suficiente para pegar coelhos. Ainda assim, é o senhor de todos os animais. Ele os coloca para trabalhar, devolve o mínimo necessário para evitar que passem fome e toma o resto para si mesmo. Nosso trabalho revira o solo, nosso esterco fertiliza e, ainda assim, nenhum de nós possui algo além da própria pele. Vocês, vacas, que vejo diante de mim, quantos milhares de litros de leite produziram neste último ano? E o que aconteceu com o leite que deveria estar alimentando e fortalecendo bezerros? Cada gota dele desceu a garganta de nossos inimigos. E vocês, galinhas, quantos ovos botaram este ano e quantos deles chocaram pintinhos? O resto se foi para o mercado, para trazer dinheiro para Jones e seus homens. E você, Sortuda, onde estão aqueles quatro potros que deu à luz, que deveriam ser o apoio e o prazer da sua idade avançada? Cada um deles foi vendido ao completar 1 ano de idade... e você nunca mais os verá novamente. Como prêmio por seu confinamento e todo seu trabalho nos campos, o que já receberam em troca que não fosse alguma alimentação e uma baia?

"E nem sequer nos é permitido viver nossa vida miserável até seu limite natural. Eu mesmo não posso reclamar, pois sou um dos sortudos. Tenho 12 anos de idade e tive mais de quatrocentos filhos. Essa é a vida natural do porco. Mas animal algum escapa à cruel faca no fim. Vocês, jovens porquinhos, sentados à minha frente, cada um de vocês gritará até morrer no abatedouro dentro de um ano. É um horror que chega a todos nós, vacas, porcos, galinhas, ovelhas, todos. Nem mesmo os cavalos e cachorros têm um destino melhor. Você, Lutador, no instante em que esses seus músculos perderem a força, Jones o mandará para o talhador, que cortará sua garganta e o cozinhará para os cães de caça. Quanto aos cachorros, quando ficam velhos e desdentados, Jones amarra uma pedra em seus pescoços e os afoga no lago mais próximo.

"Portanto, camaradas, não está claro que todo o mal desta nossa vida verte da tirania dos seres humanos? É só nos livrarmos do homem que o produto do nosso trabalho será nosso. Quase da noite para o dia, nos tornaríamos ricos e livres. Então, o que precisamos fazer? Ora, trabalhar noite e dia, de corpo e alma, pela derrubada da raça humana! Esta é minha mensagem a vocês, camaradas: Revolução! Não sei quando essa Revolução virá, se em uma semana ou em cem anos, mas eu sei, tão claramente quanto vejo a palha sob meus pés, que cedo ou tarde a justiça será feita. Concentrem-se nisso, camaradas, pelo curto tempo que ainda sobra de suas vidas! E, acima de tudo, repassem essa mensagem para quem vier depois de vocês, para que as gerações futuras sigam com a luta, até que a vitória seja alcançada.

"E lembrem-se, camaradas, sua vontade nunca deve falhar. Argumento algum deve desviá-los. Nunca deem ouvidos quando disserem que o homem e os animais têm um interesse em comum, que a prosperidade de um é a prosperidade dos outros. Entre nós, animais, que haja unidade perfeita, camaradagem perfeita na luta. Todos os homens são inimigos. Todos os animais são camaradas."

Nesse momento, houve um tremendo alvoroço. Enquanto Major falava, quadro ratos grandes saíram de seus buracos e estavam sentados, ouvindo. Os cachorros os viram de repente e foi apenas a a corrida de volta aos buracos que salvou os ratos. Major levantou a pata, pedindo silêncio.

"Camaradas", disse ele, "há uma questão que precisa ser acertada. As criaturas selvagens, como ratos e coelhos, são nossos amigos ou inimigos? Proponho que votemos esta questão: os ratos são camaradas?"

A votação ocorreu imediatamente e foi acordado por uma esmagadora maioria que os ratos eram camaradas. Houve apenas quatro dissidentes, os três cachorros e a gata, que depois descobriu-se ter votado para os dois lados. Major continuou:

"Não tenho muito mais o que dizer. Apenas repito, lembrem-se sempre de seu dever de inimizade para com o homem e seus costumes. Tudo que andar com duas patas é um inimigo. Tudo que andar com quatro patas ou tiver asas é um amigo. E lembrem-se também de que, na nossa luta contra o homem, não podemos nos assemelhar a ele. Mesmo quando o tivermos superado, não podemos adotar seus vícios. Animal algum deve jamais viver em uma casa, dormir em uma cama, ou usar roupas, ou beber álcool, ou fumar tabaco, ou tocar dinheiro, ou fazer comércio. Todo hábito do homem é sinônimo de mal. E, acima de tudo, animal algum deve tiranizar sua própria raça. Fraco ou forte, inteligente ou simplório, somos todos irmãos. Animal algum deve matar outro animal. Todos os animais são iguais.

"E agora, camaradas, contarei a vocês o meu sonho da noite passada. Não tenho como descrever o sonho a vocês. Foi um sonho sobre como será a terra quando sumirem os homens. Mas isso me lembrou de algo que havia há muito esquecido. Muitos anos atrás, quando eu era um porquinho, minha mãe e as outras porcas costumavam cantar uma canção da qual sabiam apenas a melodia e as três primeiras palavras. Conhecia a música quando criança, mas há muito ela já havia deixado as minhas lembranças. No entanto, na noite passada, ela veio a mim durante o sonho. E mais ainda, a letra da música também voltou – letra essa que tenho certeza de que era cantada pelos animais de muito tempo atrás e se perdeu entre as gerações. Cantarei essa música agora, camaradas. Sou velho e minha voz é rouca, mas quando tiverem aprendido a canção, vocês poderão cantá-la melhor por si mesmos. Se chama 'Bichos da Inglaterra'."

O velho Major limpou a garganta e começou a cantar. Como tinha dito, sua voz é rouca, mas cantava satisfatoriamente bem. Era uma canção animada, algo entre "Clementina" e "La Cucaracha". A letra seguia-se:

Bichos da Inglaterra, Bichos da Irlanda,
Bichos de cá e de lá,
Atentem-se às novidades
Do lindo tempo que virá.

Cedo ou tarde venha, o dia está chegando.
O tirano tomba ao chão
E nos campos da Inglaterra
Somente bichos trotarão.

Os pesados anéis sumirão das narinas
E as selas cairão dos lombos.
Enferrujar-se-ão as esporas
E dos chicotes findarão os estrondos

Riquezas além da imaginação,
Aveia, trigo e cevada,
Feijão e também beterraba,
Da terra por nós lavrada.

Belos serão os campos da Inglaterra,
Puras as águas, então.
Doce será a brisa
Em nosso dia de libertação.

Por esse dia, todos trabalhemos,
Mesmo o preço sendo a vida
Gansos, perus e vacas,
Juntos todos na lida.

Bichos da Inglaterra, Bichos da Irlanda,
Bichos de cá e de lá,
Atentem-se às novidades
Do lindo tempo que virá.

A cantoria pôs os bichos todos em polvorosa. Pouco antes de Major concluir, já tinham começado a cantar por si mesmos. Até o mais estúpido já havia entendido a melodia e lembrava alguns versos. Já os mais inteligentes, como os porcos e cachorros, haviam decorado a música inteira em alguns minutos. E então, depois de algumas tentativas iniciais, toda a granja cantou "Bichos da Inglaterra" em um uníssono tremendo. As vacas mugindo, os cachorros uivando, as ovelhas balindo, os cavalos relinchando, os patos grasnando. Estavam tão maravilhados com a música que a cantaram de ponta a ponta cinco vezes seguidas, e teriam continuado a noite inteira se não tivessem sido interrompidos.

Infelizmente, a algazarra acordou o Sr. Jones, que pulou da cama, certo de que havia uma raposa no pátio. Ele pegou a espingarda que ficava sempre no canto do quarto e lançou à escuridão uma carga de chumbo, que se afundou na parede do celeiro e a reunião se dispersou com rapidez. Todos fugiram para suas camas. Os pássaros pularam para seus poleiros, o gado se deitou na palha e a granja toda caiu no sono em pouco tempo.

Capítulo 2

Três noites depois, o velho Major morreu tranquilamente enquanto dormia. Seu corpo foi enterrado no pomar.

Era o início de março. Nos três meses seguintes, houve muitas atividades em segredo. O discurso de Major tinha dado aos animais mais inteligentes um ponto de vista totalmente diferente da vida. Eles não sabiam quando a Revolução prevista por Major viria à acontecer e não tinham motivos para achar que veriam tudo se desenrolar nesta vida, mas viam claramente que era seu dever fazer os preparativos. O trabalho de ensinar e organizar os outros recaiu naturalmente sobre os porcos, que eram geralmente reconhecidos como os mais inteligentes dos animais. Entre os suínos, destacavam-se dois jovens machos chamados Bola de Neve e Napoleão, a quem o Sr. Jones criava para vender. Napoleão era um grande Berkshire de aparência agressiva, o único dessa raça na fazenda. Não falava muito, mas tinha a reputação de sempre conseguir o que queria. Bola de Neve era um porco mais animado que Napoleão, criativo e falador, mas visto como alguém de caráter mais raso. Todos os outros machos na granja eram castrados. O mais conhecido entre eles era um porquinho gordo chamado Garganta, de bochechas redondas, olhos brilhantes, movimentos rápidos e uma voz estridente. Era um orador brilhante, e quando defendia algum argumento mais difícil, costumava se mover de um lado para o outro e balançar a cauda, o que o tornava muito persuasivo, aparentemente. Os outros diziam que Garganta tinha o poder de convencer o preto a se tornar branco.

Com os ensinamentos de Major, esses três elaboraram um sistema de pensamento completo, ao qual deram o nome de Animalismo. Diversas noites por semana, quando o Sr. Jones já estava dormindo, eles faziam reuniões secretas no celeiro e expunham os princípios do Animalismo para os outros. No início depararam com muita ignorância e apatia. Alguns dos animais falavam sobre o dever de lealdade para com o Sr. Jones, a quem se referiam como "Mestre", ou faziam comentários elementares como "o Sr. Jones nos alimenta. Se ele sumisse, morreríamos de fome". Outros perguntavam coisas como "por que nos preocuparmos com o que acontece depois que morrermos?" ou "se essa Revolução vai acontecer de qualquer jeito, que diferença faz trabalharmos por ela ou não?", e os porcos tinham uma dificuldade enorme em fazê-los enxergar que isso era contrário ao espírito do Animalismo. As perguntas mais estúpidas eram todas feitas por Mollie, a égua branca. A primeiríssima pergunta que ela fez a Bola de Neve foi: "Haverá açúcar depois da Revolução?"

"Não", disse Bola de Neve, com firmeza. "Não temos os meios para produzir açúcar nesta granja. Além disso, você não precisa de açúcar. Terá todo o feno e aveia que quiser."

"E ainda vou poder usar laços de fita na minha crina?", perguntou Mollie.

"Camarada", disse Bola de Neve, "essas fitas que tanto adora são uma marca da escravidão. Não entende que sua liberdade vale mais que laços de fita?"

Mollie concordou, mas não parecia ter sido convencida.

Os porcos tiveram ainda mais dificuldade para derrubar as mentiras espalhadas por Moisés, o corvo doméstico. Moisés era o bichinho especial do Sr. Jones, um espião falastrão e bom de papo. Dizia saber da existência de um lugar misterioso chamado Montanha Doce, para onde todos os animais iriam depois de morrer. Ficava em algum lugar no céu, um pouco depois das nuvens, dizia Moisés. Em Montanha Doce, todo dia da semana era domingo, a época de trevo durava o ano inteiro e torrões de açúcar e bolinho de linhaça nasciam nas moitas. Os animais odiavam Moisés, pois ele vivia contando histórias e não trabalhava, mas alguns acreditavam na Montanha Doce, e os porcos trabalharam duro para convencê-los de que o lugar não existia.

Os discípulos mais fiéis eram os cavalos de carga, Lutador e Sortuda. Os dois tinham uma grande dificuldade de pensar qualquer coisa por si mesmos, mas tendo aceitado os porcos como professores, absorviam tudo que lhes era dito e repassavam para os outros animais com argumentos mais simples. Não faltavam a nenhuma reunião secreta no celeiro e chefiavam o coro de "Bichos da Inglaterra", com o qual as reuniões eram sempre finalizadas.

Acontece que, agora, a Revolução tinha sido alcançada muito mais cedo e mais facilmente do que qualquer um esperava. Nos anos anteriores, o Sr. Jones tinha sido um mestre duro, mas um granjeiro competente. Mas, mais recentemente, vinha caindo em decadência. Estava sem ânimo depois de perder dinheiro em um processo e agora bebia demais. Passava dias esticado em sua poltrona, lendo os jornais, bebendo e dando cascas de pão encharcadas de cerveja a Moisés. Seus peões se tornaram preguiçosos e desonestos, os campos foram tomados por ervas daninhas, os galpões precisavam de reparos, as cercas foram deixadas de lado e os animais passavam fome.

Chegou o mês de junho e o feno estava quase pronto para o corte. No dia anterior ao solstício de verão, um sábado, o Sr. Jones foi até Willingdon. Bebeu tanto no Leão Vermelho que só voltou no meio-dia do domingo. Os peões ordenharam as vacas logo cedo e foram caçar coelhos, sem nem pensar em alimentar os animais.

Quando o Sr. Jones voltou, caiu imediatamente no sono no sofá da sala, cobrindo o rosto com o *News of the News of the World*. Então, quando chegou a tarde, os animais continuavam com fome. A situação ficou inadmissível. Uma das vacas arrombou a porta do celeiro com seus chifres e os animais todos foram se servir. Foi então que o Sr. Jones acordou. No momento seguinte, ele e seus quatro peões chegaram ao celeiro de chicote na mão, açoitando em todas as direções. Era mais do que os animais poderiam aguentar. Todos juntos, ainda que nada tivesse sido planejado, eles reagiram contra os agressores. Jones e seus homens viram-se recebendo coices e cabeçadas de todos os lados. A situação estava deveras fora de controle. Nunca tinham visto os animais se comportando assim, e a súbita revolta das criaturas, a quem estavam plenamente acostumados a maltratar como quisessem, os assustou para além da razão. Depois de alguns momentos, já haviam desistido de tentar qualquer defesa e bateram em retirada. No minuto seguinte, todos os cinco corriam à plena velocidade pela trilha que levava até a estrada principal, com os animais triunfantes em seu encalço.

A Sra. Jones olhou pela janela do quarto, viu o que estava acontecendo, jogou algumas tralhas em uma bolsa de pano e fugiu da granja pelo outro lado. Moisés pulou de seu poleiro e bateu asas atrás dela, grasnando ruidosamente. Enquanto isso, os animais tinham perseguido Jones e seus homens e trancado a porteira de cinco barras atrás deles. Então, antes mesmo que soubessem o que estava acontecendo, a Revolução finalmente tinha sido executada: Jones foi expulso e a Granja do Solar era deles.

Nos primeiros minutos, os animais mal podiam acreditar na sorte que tiveram. O primeiro ato foi galopar em grupo pelos limites da granja, garantindo que humano algum se escondia ali. Depois correram até os galpões para eliminar os últimos traços do odiado império dos Jones. O depósito no fundo dos estábulos foi arrombado; freios, anéis de nariz, as correntes dos cachorros, as terríveis facas com que o Sr. Jones castrava os porcos e as cabras, tudo foi jogado no poço. Rédeas, cabrestos, antolhos, os degradantes sacos de ração acabaram na fogueira que ardia no pátio... e também os açoites. Todos os bichos saltitaram de alegria quando viram os chicotes em chamas. Bola de Neve também jogou no fogo as fitas com que eram decoradas as caudas e crinas dos cavalos em dias de feira.

"Fitas", disse ele, "serão consideradas vestimentas, uma marca do ser humano. Todos os bichos devem andar nus."

Ouvindo isso, Lutador foi buscar o pequeno chapéu de palha que vestia no verão para afastar as moscas de suas orelhas e o arremessou no fogo com o resto.

Em pouco tempo, os bichos tinham destruído tudo que os lembrava do Sr. Jones. Napoleão os liderou de volta ao celeiro e serviu a todos o dobro da ração usual de milho, com dois biscoitos para cada cachorro. Eles cantaram "Bichos da Inglaterra" do início ao fim sete vezes seguidas e, depois disso, recolheram-se e dormiram como nunca.

Acordaram ao amanhecer, como sempre. Lembrando-se subitamente do ato glorioso da véspera, todos correram juntos para o pasto. Um pouco mais à frente, havia um morro que dava uma vista de praticamente toda a granja. Os bichos apressaram-se até o topo e pastaram sob a luz da manhã. Sim, era deles: tudo que podiam ver era deles! Extasiados com a ideia, davam saltos e cambalhotas de empolgação. Rolaram no orvalho matinal, devoraram o doce pasto de verão, chutaram montes de terra para o alto e sentiram seu rico odor. Inspecionaram toda a granja e vistoriaram com silenciosa admiração a lavoura, o campo de feno, o pomar, a lagoa, o pequeno bosque. Era como se nunca tivessem visto nada disso e, mesmo agora, mal podiam acreditar que tudo pertencia a eles.

Então voltaram para os galpões e pararam em silêncio do lado de fora da casa-grande. Era deles também, mas tinham medo de entrar. No entanto, depois de um tempo, Bola de Neve e Napoleão forçaram e abriram a porta com seus ombros, e os bichos entraram em fila, caminhando com muito cuidado, com medo de desarrumar qualquer coisa. Foram de cômodo em cômodo na ponta dos pés, sem elevar a voz além de um cochicho e observando impressionados o luxo inacreditável. As camas com seus colchões de penas, os espelhos, o sofá de crina, o tapete de Bruxelas, a litogravura da Rainha Vitória sobre a lareira na sala de estar. Desciam a escada deslumbrados quando deram por falta de Mollie. Ao voltar, descobriram que ela tinha ficado no melhor quarto. Tinha pegado uma fita azul na penteadeira da Sra. Jones e estava segurando contra o ombro, admirando-se no espelho, um tanto ridícula. Os outros a repreenderam e caminharam para fora. Os presuntos que encontraram pendurados na cozinha foram retirados para que fossem sepultados e o barril de cerveja na despensa foi arrebentado com um coice de Lutador. Fora isso, nada mais na casa foi tocado. A decisão unânime de preservar a casa como um museu foi tomada ali mesmo. Todos concordaram que nenhum bicho moraria ali.

Os bichos tomaram seu café da manhã. Em seguida, Bola de Neve e Napoleão os reuniram novamente.

"Camaradas", disse Bola de Neve, "são seis e meia e temos um longo dia pela frente. Hoje começaremos a colheita do feno. Mas há outra questão que precisa ser abordada primeiro."

Os porcos revelaram que, nos últimos três meses e por autodidatismo, tinham aprendido a ler e escrever com a velha cartilha que tinha pertencido aos filhos do Sr. Jones e fora jogada no lixo. Napoleão mandou buscar latas de tinta branca e preta e liderou o grupo até a porteira de cinco barras que dava na estrada principal. Então, Bola de Neve (que escrevia melhor), com um pincel entre as juntas da pata, cobriu com tinta a placa que dizia GRANJA DO SOLAR e escreveu GRANJA DOS BICHOS. Este seria o nome da granja dali em diante. Depois disso, voltaram para os galpões, onde Bola de Neve e Napoleão mandaram trazer uma escada, colocada contra a parede dos fundos do grande celeiro. Explicaram que, nos últimos três meses de estudo, os porcos tinham conseguido reduzir os princípios do Animalismo a Sete Mandamentos. Esses mandamentos seriam agora pintados na parede, constituindo a lei inalterável sob a qual todos na Granja dos Bichos viveriam para sempre. Com alguma dificuldade (pois não é fácil para um porco se equilibrar em uma escada), Bola de Neve escalou e pôs-se a trabalhar, com Garganta alguns degraus abaixo, segurando a lata de tinta. Os mandamentos foram escritos na parede preta com grandes letras brancas, podendo ser lidos a muitos metros de distância. Lia-se:

OS SETE MANDAMENTOS

1) Tudo que ande sobre duas pernas é um inimigo.
2) Tudo que ande sobre quatro pernas ou tenha asas é um amigo.
3) Animal nenhum usará roupas.
4) Animal nenhum dormirá em uma cama.
5) Animal nenhum beberá álcool.
6) Animal nenhum matará outro animal.
7) Todos os animais são iguais.

Tudo muito bem escrito, a não ser pela palavra "álcool" grafada "áucol" e um "s" invertido. Bola de Neve leu em voz alta para os demais. Todos os animais assentiram, e os mais inteligentes tentaram decorar todas as palavras.

"Agora, camaradas", gritou Bola de Neve, jogando de lado o pincel, "para o campo de feno! Que seja uma questão de honra fazermos a colheita mais rápido do que Jones e seus peões seriam capazes."

Mas, neste momento, as três vacas, que pareciam incomodadas há algum tempo, começaram a mugir com força. Não eram ordenhadas há vinte e quatro horas e suas tetas estavam quase explodindo. Pensando um pouco, os porcos mandaram buscar baldes e ordenharam as vacas razoavelmente bem, com as patas bem adaptadas à tarefa. Logo havia cinco baldes transbordando leite cremoso, para os quais muitos dos animais olhavam com considerável interesse.

"O que vai acontecer com todo esse leite?" perguntou alguém.

"Jones costumava misturar um pouco no nosso farelo", disse uma das galinhas.

"Não se preocupem com o leite, camaradas!", disse Napoleão, postando-se na frente dos baldes. "Cuidaremos disso depois. A colheita é mais importante. O camarada Bola de Neve os conduzirá. Eu irei logo em seguida. Em frente, camaradas! O feno nos espera."

Então os animais se dirigiram ao campo de feno para começar a colheita e, quando voltaram, no início da noite, perceberam que o leite havia desaparecido.

Capítulo 3

Como trabalharam e suaram para colher o feno! Mas os esforços foram recompensados, pois a colheita foi um sucesso ainda maior do que poderiam esperar.

Às vezes o trabalho era difícil, já que as ferramentas e os instrumentos foram projetados para seres humanos e não animais, e era um grande obstáculo o fato de que animal algum poderia usar ferramentas que exigissem uma postura em pé sobre as patas traseiras. Mas os porcos eram tão inteligentes que conseguiam contornar qualquer dificuldade. Quanto aos cavalos, eles conheciam cada palmo do campo e, na verdade, sabiam ceifar e arar muito melhor do que Jones e seus peões eram capazes. Os porcos não executavam o trabalho propriamente dito, mas dirigiam e supervisionavam os outros. Com seu conhecimento superior, era natural que assumissem a liderança. Lutador e Sortuda atrelavam a si mesmos à ceifadeira ou ao ancinho de feno (não eram mais necessários freios ou rédeas, é claro) e caminhavam firmemente pelo campo com um porco logo atrás, gritando "eia, camarada!", ou "meia-volta, camarada!" quando necessário. E todos os animais, mesmo o mais modesto, trabalharam revirando e colhendo o feno. Até mesmo patos e galinhas labutaram sob o sol, carregando pequenas mechas com o bico. Por fim, terminaram a colheita em dois dias a menos do que Jones e seus homens costumavam levar. E mais: foi a maior colheita na história da granja. Não houve desperdício algum, com os patos e galinhas recolhendo até o último talo. E animal nenhum roubou nem um bocado sequer.

Por todo o verão, o trabalho na granja foi preciso como um relógio. Os bichos nunca haviam concebido uma felicidade tão plena quanto a que sentiam agora. Cada porção de comida ingerida era um prazer completo, agora que o alimento era verdadeiramente deles, produzido por eles e para eles, não fornecido por um mestre mesquinho. Sem os parasitas humanos, havia mais quantidade para todos. Havia mais lazer, também, ainda que os bichos não tivessem muita experiência nisso. Muitas foram as dificuldades. Por exemplo, alguns meses depois, quando colheram o milho, tiveram que pisotear à moda antiga e soprar as cascas, pois não havia debulhadora na granja. Mas os porcos, com sua inteligência, e Lutador, com seus incríveis músculos, sempre tiveram sucesso. Lutador era admirado por todos. Já trabalhava duro na época de Jones, mas agora parecia valer por três cavalos. Houve dias em que todo o trabalho na granja parecia estar sobre suas poderosas costas. Da manhã até a noite, ele empurrava e puxava, sempre onde o trabalho era mais pesado. Fez um acordo com um dos galos para que o acordasse meia hora mais cedo do que todos os outros e trabalhava voluntariamente onde parecia ser mais necessário, mesmo antes do dia começar. Sua resposta para cada problema ou revés era "Trabalharei ainda mais" – frase que depois adotou como seu lema.

Mas todos trabalhavam de acordo com suas capacidades. As galinhas e os patos economizaram cinco baldes de milho recolhendo grãos caídos. Ninguém roubava, ninguém reclamava das rações. As brigas e discussões e ciúme, normais nos velhos tempos, quase desapareceram. Ninguém fugia ao trabalho – ou pelo menos quase ninguém. Mollie, de fato, não era muito boa em acordar cedo e sempre dava um jeito de evitar o trabalho dizendo que havia uma pedra em seu casco. E o comportamento da gata era um tanto peculiar. Logo se percebeu que, quando havia trabalho a ser feito, sumia-se a gata. Ela passava horas desaparecida e reaparecia na hora das refeições ou no fim da tarde, quando já havia acabado o trabalho, como se nada tivesse acontecido. Mas ela sempre dava desculpas tão convincentes, ronronava com tanto carinho, que era impossível não acreditar em suas boas intenções. O velho Benjamin, o burro, parecia não ter mudado nada desde a Revolução. Fazia seu trabalho do mesmo modo lento e obstinado de sempre, sem nunca evitar o trabalho normal ou se oferecer para algum extra. Não expressava opinião alguma sobre a Revolução. Quando alguém perguntava se estava mais feliz agora sem Jones, ele dizia apenas: "Burros vivem muito tempo. Nenhum de vocês jamais viu um burro morto", e os outros tinham que se contentar com a enigmática resposta.

Nos domingos não havia trabalho. O café da manhã era uma hora mais tarde que o normal, e depois da refeição havia uma cerimônia que nunca deixava de ser realizada. Começava com o hastear da bandeira. Bola de Neve tinha encontrado uma velha toalha de mesa verde da Sra. Jones e pintou nela um casco e um chifre, usando a tinta branca. A bandeira era hasteada no topo do mastro do jardim toda manhã de domingo. Bola de Neve explicou que a bandeira era verde para representar os verdes campos da Inglaterra, enquanto o casco e o chifre significavam a futura República dos Bichos, que viria quando a raça humana finalmente fosse destituída. Depois de hastear a bandeira, todos marchavam até o grande celeiro para uma assembleia geral, chamada de Reunião. Nela era planejado o trabalho da semana seguinte e resoluções eram propostas e debatidas. Eram sempre os porcos a propor resoluções. Os outros animais tinham entendido como votar, mas não eram capazes de pensar em suas próprias resoluções.

Bola de Neve e Napoleão eram de longe os mais ativos nos debates. Mas logo se notou que os dois nunca estavam de acordo: quando um dos dois fazia uma sugestão, havia a certeza de que o outro faria oposição. Mesmo quando se chegou a um acordo – quanto a algo que ninguém poderia ser contra – para que o pequeno padoque atrás do pomar fosse reservado como moradia para os animais aposentados, houve um acalorado debate quanto à idade de aposentadoria ideal para cada classe de animal. A Reunião era sempre finalizada com todos cantando "Bichos da Inglaterra", e a tarde dada à recreação.

Os porcos tinham separado para si mesmos o depósito como base. Ali, nas tardes, eles estudavam ferraria, carpintaria e outras artes necessárias dos livros que tinham trazido da casa-grande. Bola de Neve também tinha se ocupado de organizar os outros animais no que chamou de Comitês de Animais. Era incansável nessa tarefa. Ele formou o Comitê de Produção de Ovos para as galinhas, a Liga dos Rabos Limpos para as vacas, o Comitê de Reeducação dos Camaradas Selvagens (com o objetivo de domesticar os ratos e coelhos), o Movimento das Lãs Mais Brancas para as ovelhas, e vários outros, além de instituir aulas para alfabetização. Esses projetos todos foram um fracasso. A tentativa de tentar domesticar os selvagens, por exemplo, rachou quase imediatamente. Continuaram a se comportar como antes e, quando tratados com generosidade, simplesmente tiravam vantagem da situação. A gata entrou para o Comitê de Reeducação e agia ativamente a seu modo. Um dia, foi vista sentada no telhado conversando com pardais, pouco além dos limites de seu alcance. Estava dizendo a eles que agora todos os animais eram camaradas e que qualquer pardal que assim o quisesse poderia se apoleirar em suas patas, mas os passarinhos mantiveram sua posição.

A alfabetização, no entanto, foi um grande sucesso. Quando chegou o outono, quase todos os animais da granja estavam letrados em algum nível.

Quanto aos porcos, já podiam ler e escrever perfeitamente. Os cachorros aprenderam a ler razoavelmente bem, mas nada além dos Sete Mandamentos os interessava. Muriel, a cabra, lia melhor que os cachorros e às vezes, durante a tarde, lia para os outros o que via em restos de jornais que encontrara no lixo. Benjamin lia tão bem quanto qualquer um dos porcos, mas nunca exercia a habilidade. Segundo ele, nada havia que valesse a pena ler. Sortuda aprendeu todo o alfabeto, mas não conseguia montar palavras. Lutador não conseguia passar da letra D. Desenhava A, B, C, D na terra com seu grande casco e fitava as letras com as orelhas retraídas, às vezes sacudindo a crina que recaia sobre a testa, usando toda sua força para tentar lembrar o que vinha a seguir, mas sempre falhava. Em diversas ocasiões ele aprendeu E, F, G, H, mas quando chegava o momento de usar as letras, percebia que já havia esquecido A, B, C e D. Por fim, acabou se contentando com as quatro primeiras letras e costumava escrevê-las uma ou duas vezes por dia para refrescar a memória. Mollie se recusava a aprender qualquer coisa que não fosse escrever o próprio nome. Ela formava as letras com gravetos, decorava tudo com algumas flores e circulava a palavra, admirando seu trabalho.

Nenhum dos outros animais da granja conseguiu passar da letra A. Descobriu-se que os menos inteligentes, como ovelhas, galinhas e patos, eram incapazes de decorar os Sete Mandamentos. Depois de muita meditação, Bola de Neve declarou que os Sete Mandamentos poderiam, de fato, ser reduzidos a uma máxima única. No caso: "Quatro pernas bom, duas pernas ruim". Isso, disse ele, continha o princípio essencial do Animalismo. Quem tivesse essa noção estaria a salvo da influência humana. Os pássaros foram inicialmente contra, já que, em seu ponto de vista, eles teriam também duas pernas. Mas Bola de Neve provou que esse não era o caso.

"Camaradas, a asa de um pássaro", disse ele, "é um órgão de propulsão, não manipulação. Deve, portanto, ser considerado uma perna. A marca que distingue os homens é a MÃO, o instrumento com que faz suas malvadezas."

Os pássaros não entenderam as palavras compridas de Bola de Neve, mas aceitaram a explicação, e todos os animais mais simples adotaram a tarefa de decorar a nova máxima. QUATRO PERNAS BOM, DUAS PERNAS RUIM foi escrito nos fundos do celeiro, acima dos Sete Mandamentos e com letras maiores. Depois de decorada, as ovelhas desenvolveram um gosto enorme pela frase e, muitas vezes, enquanto estavam deitadas no campo, começavam a balir "Quatro pernas bom, duas pernas ruim! Quatro pernas bom, duas pernas ruim!" e assim passavam horas, sem se cansar.

Napoleão não se interessava pelos comitês de Bola de Neve. Dizia que a educação dos mais jovens era mais importante do que qualquer coisa que pudesse ser feita pelos que já eram adultos. Acontece que Jessie e Florzinha tiveram crias logo após a colheita do feno, dando à luz a nove robustos filhotes. Assim que foram desmamados, Napoleão os tirou de suas mães, dizendo que seria responsável pela educação dos pequenos. Ele os acolheu em um sótão, acessível apenas por uma escada no depósito, e lá os manteve em tamanho isolamento que logo o resto da granja esqueceu que existiam.

O mistério de onde tinha ido parar o leite logo foi esclarecido. Era misturado todos os dias à comida dos porcos. As primeiras maçãs estavam amadurecendo e a grama do pomar estava repleta de frutas. Os animais presumiram que todas seriam divididas igualmente. Porém um dia correu a ordem de que todas as frutas caídas deveriam ser recolhidas e levadas ao depósito para o consumo dos porcos. Alguns dos bichos cochicharam entre eles, mas de nada adiantou. Todos os porcos estavam em total acordo nessa questão, até mesmo Bola de Neve e Napoleão. Garganta foi enviado para fazer as explicações necessárias para os outros.

"Camaradas!", gritou ele. "Espero que não achem que nós, porcos, fazemos isso por egoísmo e privilégio! Na verdade, muitos de nós não gostam de leite e maçãs. Eu mesmo, por exemplo. Nosso único objetivo é preservar nossa saúde. Leite e maçãs (e isso já foi provado pela ciência, camaradas) contêm substâncias absolutamente necessárias para a saúde de um porco. Nós trabalhamos com nossos cérebros. Toda a gerência e organização desta fazenda dependem de nós. Passamos dia e noite cuidando do seu bem-estar. É pelo bem de VOCÊS que bebemos aquele leite e comemos aquelas maçãs. O que acham que aconteceria se nós porcos não cumpríssemos nosso dever? Jones retornaria! Sim, Jones retornaria! Com certeza, camaradas", disse Garganta, quase suplicante, pulando de um lado para o outro e balançando o rabinho, "com certeza não há entre vocês alguém que queira a volta de Jones, certo?".

Bem, se havia algo de que os bichos tinham total certeza era de que não queriam Jones de volta. Quando colocado assim, nada mais tinham a dizer. A importância de manter os porcos em plena saúde era completamente óbvia. Então foi acordado, sem discussão, que o leite e as maçãs caídas (e também a colheita principal) seriam reservadas para os porcos.

Capítulo 4

Ao fim do verão, as notícias sobre o que havia acontecido na Granja dos Bichos tinham se espalhado por metade do condado. Todos os dias, Bola de Neve e Napoleão enviavam grupos de pombos cuja instrução era de se misturar aos animais de granjas vizinhas, contar sobre a Revolução e ensinar a eles a canção "Bichos da Inglaterra".

O Sr. Jones passava a maior parte do tempo no balcão do Leão Vermelho, em Willingdon, reclamando, para quem quisesse ouvir, sobre a monstruosa injustiça que tinha sofrido ao ser expulso de sua propriedade por um grupo de animais imprestáveis. A princípio, os outros granjeiros foram simpáticos a ele, mas não ofereceram muita ajuda. No fundo, cada um deles imaginava se não poderia capitalizar sobre o infortúnio de Jones. Era uma sorte que os dois vizinhos diretos da Granja dos Bichos tivessem péssimas relações. Uma delas, chamada Foxwood, era uma propriedade grande e descuidada, com muito mato, pastos velhos e cercas em condições deploráveis. Seu dono, o Sr. Pilkington, era um granjeiro amador muito afável, que passava a maior parte do tempo pescando ou caçando, de acordo com a estação. A outra granja, chamada Pinchfield, era menor e mais bem-cuidada. Seu dono era um tal Sr. Frederick, um homem rude e astuto, eternamente envolvido em questões legais e conhecido por ser um negociante durão. Os dois se odiavam tanto que era difícil chegar a um acordo, mesmo em defesa de seus próprios interesses.

Ainda assim, ambos estavam deveras assustados com a revolução na Granja dos Bichos e queriam a todo custo evitar que seus animais ficassem sabendo demais sobre o assunto. Primeiro, fingiram se divertir e desdenhar da ideia de animais administrando uma granja por si mesmos. A coisa toda acabaria em um par de semanas, diziam. Falavam por aí que os animais da Granja do Solar (insistiam em chamar de Granja do Solar; não toleravam o nome "Granja dos Bichos") viviam brigando entre si e logo morreriam de fome. Passado o tempo e a obviedade de os animais não terem morrido de fome, Frederick e Pilkington mudaram o discurso e passaram a falar das terríveis perversidades que ocorriam na Granja dos Bichos. Diziam que lá os bichos praticavam canibalismo, torturavam uns aos outros com ferraduras incandescentes e compartilhavam suas fêmeas. Era essa a consequência de se revoltar contra as leis da natureza, diziam Frederick e Pilkington.

No entanto, ninguém acreditou totalmente nessas histórias. Rumores de uma granja maravilhosa, onde humanos foram expulsos e os animais cuidavam de suas vidas, continuaram a circular em formas vagas e distorcidas, e uma onda revolucionária varreu todo o campo naquele ano. Touros sempre mansos se revoltaram, ovelhas quebraram cercas e devoraram o trevo, vacas derrubaram baldes, cavalos de caça derrubaram seus cavaleiros. Acima de tudo, a melodia e até os versos de "Bichos da Inglaterra" eram conhecidos em todo lugar. Tinham se espalhado com uma velocidade incrível. Os humanos não puderam conter sua raiva quando ouviram a música, ainda que fingissem que a achavam simplesmente ridícula. Eles diziam nem sequer entender como os bichos poderiam cantar uma besteira desprezível como aquela. Qualquer animal pego cantando era castigado no mesmo instante. Mas era impossível reprimir. Os melros cantavam nas cercas, os pombos arrulhavam nos olmeiros, competiam com o martelar dos ferreiros e o ribombar dos sinos das igrejas. E quando os humanos escutavam, tremiam em segredo, ouvindo nela uma profecia da desgraça por vir.

No início de outubro, quando o milho estava colhido e ensacado e até em partes debulhado, um bando de pombos pousou apavorado no pátio da Granja dos Bichos. Jones e todos os seus peões, com meia dúzia de outros vindos de Foxwood e Pinchfield, tinham entrado pela porteira de cinco barras e estavam subindo a trilha. Todos portavam bastões. Exceto Jones, que marchava na frente da coluna com uma arma de fogo em punho. Obviamente, tentariam recuperar a granja.

Isso há muito era esperado, e todos os preparativos tinham sido feitos. Bola de neve, tendo estudado em um velho livro que encontrou na casa-grande sobre as campanhas de Júlio César, estava encarregado da defesa. Deu a ordem rapidamente e em uma questão de minutos todos os animais estavam em posição.

Com os humanos se aproximando dos galpões, Bola de Neve lançou o primeiro ataque. Todos os pombos, num total de trinta e cinco, fizeram rasantes sobre os homens e defecaram em pleno ar; e enquanto os humanos lidavam com isso, os gansos, escondidos atrás das sebes, correram ao ataque e bicaram ferozmente suas pernas. Esta tinha sido apenas uma pequena escaramuça, com a intenção de criar alguma desordem, e os homens afastaram os gansos com seus bastões. Bola de Neve então lançou a segunda linha de ataque. Muriel, Benjamin e todas as ovelhas, com Bola de Neve liderando, pisotearam e deram cabeçadas por todos os lados, então Benjamin foi pelo flanco e atacou com seus pequenos cascos. Mas, novamente, os homens eram fortes demais para eles. De repente, Bola de Neve guinchou um sinal de retirada e todos os animais fugiram para o pátio.

Os homens bradaram por seu triunfo. Estavam vendo, como imaginaram, seus inimigos em fuga e os perseguiram sem muita ordem. Era exatamente o que Bola de Neve planejara. Assim que estavam completamente dentro do pátio, os três cavalos, três vacas e o resto dos porcos, armando tocaia atrás do estábulo, apareceram subitamente pelas costas dos homens, cortando a rota de fuga. Bola de Neve então deu o sinal para o ataque. Ele mesmo avançou diretamente contra Jones, que o viu chegando, levantou sua espingarda e atirou. O chumbo granulado abriu fendas sangrentas nas costas de Bola de Neve, e uma ovelha tombou morta. Sem parar por nem um segundo, Bola de Neve lançou seus noventa quilos contra as pernas de Jones, jogando-o contra uma pilha de esterco e lançando sua arma para longe. Mas o espetáculo mais assustador de todos foi Lutador empinando em suas patas traseiras e atacando com seus grandes cascos revestidos de ferro. Sua primeira pancada acertou no crânio um cavalariço de Foxwood e o deixou sem vida, estirado na lama. Vendo o ocorrido, os outros homens largaram seus bastões e tentaram fugir. Foram tomados pelo pânico, e todos os animais os perseguiram juntos pelo pátio. Foram chifrados, mordidos, chutados e pisoteados. Animal nenhum na granja deixou de executar sua vingança, cada um a seu modo. Até a gata saltou de repente de um telhado sobre os ombros de um vaqueiro e enterrou as garras em seu pescoço, fazendo-o gritar horrivelmente. Em um momento, quando se abriu um espaço, os homens conseguiram fugir do pátio e correr para a estrada principal. Assim, depois de cinco minutos de invasão, estavam em franca e vergonhosa retirada pelo mesmo caminho de sua chegada, com um bando de gansos sibilando e mordendo suas panturrilhas.

Todos os homens fugiram, menos um. No pátio, Lutador estava cutucando com seu casco o cavalariço, tentando virá-lo. O rapaz não se moveu.

"Está morto", disse Lutador com tristeza. "Não tinha a intenção de fazer isso. Esqueci que estava usando ferraduras. Quem vai acreditar que não fiz de propósito?.

"Nada de sentimentalismo, camarada!", gritou Bola de Neve, cujos ferimentos ainda pingavam sangue. "Guerra é guerra. Humano bom é humano morto."

"Não desejo tomar vida alguma, nem mesmo humana", repetiu Lutador, com os olhos marejados.

"Onde está Mollie?", exclamou alguém.

Mollie tinha mesmo desaparecido. Houve grande alarme por um momento, temendo-se que tivesse sido ferida pelos homens ou até mesmo levada. Por fim, no entanto, foi encontrada escondida em sua baia, com a cabeça enterrada no feno. Tinha fugido assim que a arma foi disparada. E quando os outros voltaram da busca, descobriram que o cavalariço tinha apenas ficado atordoado e já tinha ido embora, recuperado.

Os bichos se reuniram com muita empolgação, cada um recontando suas proezas em voz alta. Celebraram a vitória ali mesmo e imediatamente. A bandeira foi hasteada e "Bichos da Inglaterra" foi cantada diversas vezes, e, logo depois, à ovelha morta foi dedicado um solene funeral, com um espinheiro plantado em seu túmulo. Bola de Neve fez um pequeno discurso, enfatizando a necessidade de que todos os animais estivessem preparados para morrer pela Granja dos Bichos caso se fizesse necessário.

Os animais decidiram por unanimidade criar uma condecoração militar: "Herói Animal de Primeira Classe", dada a Bola de Neve e Lutador. Consistia em uma medalha de bronze (era apenas o bronze dos arreios dos cavalos, encontrado no depósito de ferramentas), a ser usada nos domingos e feriados. Criaram também a comenda "Herói Animal de Segunda Classe", dada postumamente à ovelha morta.

Houve muita discussão quanto ao nome que dariam à batalha. No fim, foi dado o nome de Batalha do Estábulo, pois lá foi armada a emboscada. A arma do Sr. Jones foi encontrada jogada na lama, e sabia-se haver um suprimento de cartuchos na casa-grande. Decidiu-se que seria deixada ao pé do mastro da bandeira, como peça de artilharia, e disparada duas vezes ao ano: uma no dia 12 de outubro, aniversário da Batalha do Estábulo, e outra no solstício de verão, aniversário da Revolução.

Capítulo 5

Com a chegada do inverno, Mollie se tornou cada vez mais encrenqueira. Se atrasava para o trabalho todas as manhãs e dava a desculpa de ter dormido demais e reclamava de dores misteriosas, ainda que seu apetite estivesse excelente. Qualquer que fosse o pretexto para fugir ao trabalho, ela ia para o açude, onde ficava admirando o próprio reflexo na água. Mas havia também boatos sobre algo mais sério. Certa amanhã, Mollie entrou alegremente no pátio, balançando sua cauda e mastigando um talo de feno, quando Sortuda a puxou de lado.

"Mollie", disse ela, "tenho algo muito sério a dizer. Esta manhã, vi que você estava olhando por cima da sebe que separa a Granja dos Bichos de Foxwood. Um dos peões do Sr. Pilkington estava do outro lado. Eu estava bem longe, mas tenho quase certeza de que ele estava falando com você, que deixou que ele acariciasse seu focinho. O que isso significa, Mollie?"

"Não! Ele não fez isso! Não é verdade!", gritou Mollie, começando a saltitar e bater um casco contra o chão.

"Mollie! Olhe nos meus olhos. Pode me dar sua palavra de honra de que aquele homem não estava acariciando seu focinho?"

"Não é verdade!", repetiu Mollie, mas não conseguia encarar Sortuda e logo deu meia-volta e galopou para o campo.

Sortuda teve uma ideia. Sem dizer nada aos outros, foi até a baia de Mollie e revirou a palha com um casco. Por baixo da palha estavam escondidos uma pilha de torrões de açúcar e fitas de diferentes cores.

Três dias depois, Mollie desapareceu. Semanas se passaram sem notícias de seu paradeiro, até os pombos reportarem tê-la visto do outro lado de Willingdon. Estava entre as varas de uma charrete de caça pintada de vermelho e preto, estacionada do lado de fora de um bar. Um homem gordo e de rosto avermelhado, usando calças xadrez e polainas, com aparência de burocrata, estava acariciando seu focinho e oferecendo torrões de açúcar. Seus pelos tinham sido tosados recentemente e um laço de fita escarlate adornava a crina sobre a testa. Ela parecia feliz, pelo que disseram os pombos. Nenhum dos outros animais jamais mencionou Mollie outra vez.

Em janeiro veio o clima mais intenso. Com a terra dura como ferro, nada havia a fazer nos campos. Muitas reuniões foram feitas no grande celeiro e os porcos se ocuparam de planejar o trabalho da próxima estação. Já havia sido acordado que os porcos, manifestadamente mais inteligentes que os outros animais, deveriam decidir todas as questões de política agrícola, ainda que suas decisões precisassem ser ratificadas pelo voto da maioria. Esse acordo teria funcionado muito bem se não fossem as disputas entre Bola de Neve e Napoleão. Os dois discordavam em todas as questões em que era possível discordar. Se um deles sugerisse semear uma quantidade maior de cevada, o outro certamente demandaria uma quantidade maior de aveia; e se um dissesse que um campo é melhor para o cultivo de repolho, o outro diria que o espaço é inútil para qualquer coisa além de raízes. Cada um tinha seus seguidores e alguns debates acabavam sendo violentos. Nas reuniões, Bola de Neve costumava ganhar a maioria com seus brilhantes discursos, mas Napoleão era mais habilidoso em arrebanhar apoio durante os intervalos. Era bem-sucedido principalmente com as ovelhas, que ultimamente baliam "Quatro pernas bom, duas pernas ruim" nos melhores e piores momentos. Notou-se que a cantoria começar nos momentos cruciais dos discursos de Bola de Neve era sempre uma grande probabilidade. Bola de Neve havia feito um estudo meticuloso de números anteriores de *Agricultura e Gado* que tinha encontrado na casa-grande e estava cheio de planos para inovações e melhorias. Falava com propriedade sobre drenos, ensilagem e escória, e tinha desenvolvido um complexo esquema em que todos os animais defecariam diretamente no campo, em pontos diferentes a cada dia, economizando assim o trabalho de carregar o esterco. Napoleão tinha seus próprios esquemas, mas dizia em voz baixa que os de Bola de Neve dariam em nada e parecia estar apenas esperando sua vez. Mas, de todas as controvérsias, nenhuma foi tão séria como a que ocorreu no moinho de vento.

No longo pasto, não muito longe dos galpões, havia uma pequena elevação, o ponto mais alto da granja. Depois de examinar o terreno, Bola de Neve declarou que ali seria o local perfeito para construir um moinho de vento, que poderia operar um dínamo e fornecer energia elétrica para a granja. Isso poderia iluminar as baias esquentá-las no inverno, haveria eletricidade para uma serra circular, um descascador, um fatiador e uma ordenhadeira. Os animais nunca tinham ouvido falar de algo assim (pois a granja era antiquada e tinha apenas máquinas mais primitivas) e ouviram impressionados Bola de Neve invocar a imagem de máquinas fantásticas que fariam o trabalho enquanto os bichos poderiam pastar à vontade ou aprimorar a mente com leituras e conversas.

Em poucas semanas, os planos de Bola de Neve para o moinho de vento estavam prontos. Os detalhes técnicos vinham principalmente de três livros que pertenceram ao Sr. Jones: *Mil utilidades para sua casa*, *Todo homem é um pedreiro* e *Elétrica para principiantes*. Bola de Neve ocupou um pequeno galpão que costumava abrigar as incubadoras para torná-lo seu estúdio. O chão era de madeira lisa, ótimo para desenhar. Passava horas trancado lá, com uma pedra mantendo os livros abertos com seu peso e um giz entre as pontas do casco, desenhando linha após linha, guinchando baixinho de empolgação. Aos poucos, os planos foram se tornando um complicado amontoado de alavancas e engrenagens que cobriam metade do assoalho, e os outros bichos consideravam tão impressionante quanto incompreensível. Todos vinham ver os desenhos de Bola de Neve pelo menos uma vez ao dia, até mesmo os patos e as galinhas, que se esforçavam para não pisar nas linhas de giz. Apenas Napoleão mostrava desinteresse. Ele havia se declarado contrário ao moinho de vento desde o início. Um dia, no entanto, inesperadamente, ele apareceu para examinar os planos. Caminhou com passos pesados pela sala, observou cada detalhe com atenção e os farejou um par de vezes, depois parou para contemplá-los de soslaio. E então, de repente, levantou uma perna, urinou sobre os planos e saiu sem dizer uma palavra sequer.

Toda a granja estava dividida na questão do moinho. Bola de Neve não negava que a construção seria difícil. Pedras precisariam ser carregadas e usadas para construir paredes, as velas precisariam ser manufaturadas e haveria a necessidade de dínamos e fios (e como seriam adquiridos, Bola de Neve não mencionou). Mas ele insistia que tudo poderia ser feito em um ano e que, depois de pronto, tanto trabalho seria poupado e todos só precisariam trabalhar três vezes por semana. Napoleão, por outro lado, dizia que a grande necessidade do momento era aumentar a produção de alimentos, e que se perdessem tempo com o moinho, todos morreriam de fome. Os animais então se dividiram em dois grupos, sob os dizeres: "Vote em Bola de Neve e a semana de três dias" e "Vote em Napoleão e a manjedoura cheia". Benjamin foi o único animal a não tomar partido. Se negava a acreditar que a comida seria mais abundante ou que o moinho de vento pouparia trabalho. Com ou sem moinho, disse ele, a vida continuará como sempre foi – difícil, no caso.

Além da disputa pelo moinho de vento, havia a questão da defesa da granja. Era uma certeza que, apesar de os homens terem sido derrotados na Batalha do Estábulo, poderiam fazer uma nova e mais determinada tentativa de recapturar a granja e restaurar o Sr. Jones à sua posição. E os motivos para tal eram claros, já que a notícia da derrota tinha se espalhado pelo campo e os animais das outras granjas andavam mais rebeldes do que nunca. Como sempre, Bola de Neve e Napoleão discordavam. De acordo com Napoleão, o que os animais precisavam fazer era conseguir armas de fogo e treinar sua utilização. Para Bola de Neve, eles deveriam enviar mais pombos para agitar rebeliões entre os animais das outras granjas. Um dizia que se não pudessem defender a si mesmos, estavam fadados a serem conquistados, enquanto o outro argumentava que, se acontecessem novas revoluções em todo lugar, não haveria necessidade de se defenderem. Os animais ouviram primeiro Napoleão e, em seguida, Bola de Neve, sem que chegassem a uma conclusão de quem estaria certo. Na verdade, eles sempre concordavam com quem quer que estivesse discursando.

Finalmente chegou o dia em que Bola de Neve completou seus planos. Na reunião do domingo seguinte, seria votada a questão do início ou não da construção do moinho de vento. Quando os animais já estavam reunidos no grande celeiro, Bola de Neve levantou-se e, ainda que ocasionalmente interrompido pelo balir das ovelhas, expôs suas razões a favor da construção do moinho de vento. Então Napoleão se levantou para responder. Com toda a tranquilidade, falou que o moinho era besteira e aconselhou que ninguém votasse a favor, sentando-se logo depois. Falou por menos de trinta segundos e parecia quase indiferente quanto ao resultado. Bola de Neve se levantou, gritou para calar as ovelhas que tinham começado a balir novamente, e iniciou um acalorado apelo a favor do moinho. Até aquele momento, havia um equilíbrio praticamente perfeito de opiniões entre os animais, mas a eloquência de Bola de Neve desequilibrou a questão. Com fulgurosas frases, pintou um quadro de como poderia ser a Granja dos Bichos quando o sórdido trabalho fosse tirado das costas dos animais. Sua imaginação foi muito além de descascadores e fatiadores. A eletricidade, disse ele, poderia operar debulhadores, arados, grades, rolos compressores, ceifeiras e atadeiras, além de fornecer iluminação, água quente e fria e aquecedores elétricos para cada uma das baias. Quando terminou, não havia dúvida alguma de como decorreriam os votos. Mas, bem nesse momento, Napoleão se levantou, lançou um peculiar olhar de soslaio a Bola de Neve e guinchou num tom agudo que ninguém ouvira antes.

Como resposta, veio lá de fora um terrível ladrar, e nove enormes cachorros usando coleiras reforçadas com pinos de bronze entraram no celeiro. Correram na direção de Bola de Neve, que saltou de seu lugar a tempo de escapar das presas. Num piscar de olhos ele já tinha saído pela porta, e os cachorros o seguiram. Impressionados demais para ao menos falar, todos os bichos se amontoaram na porta para assistir à perseguição. Bola de Neve estava correndo pelo longo pasto que levava à estrada. Um dos cachorros quase conseguiu abocanhar seu rabo, mas o porco conseguiu se safar a tempo. Então, dando um último impulso, com alguns centímetros de sobra, escapou por um buraco na sebe e não foi mais visto.

Calados e aterrorizados, os animais voltaram para dentro do celeiro. Os cachorros voltaram logo a seguir. De início, ninguém conseguiu imaginar de onde vinham aquelas criaturas, mas o mistério logo foi solucionado: eram os filhotes que Napoleão havia tomado de suas mães e criado escondido. Mesmo não sendo ainda adultos, eram cachorros enormes, de aparência tão feroz quanto lobos. Ficavam perto de Napoleão. Notava-se que eles abanavam o rabo para ele do mesmo modo que faziam com o Sr. Jones.

Napoleão, com os cachorros em sua esteira, agora estava na porção mais elevada, onde Major tinha feito seu discurso. Ele anunciou que, a partir daquele momento, não haveria mais reuniões nas manhãs de domingo. Eram desnecessárias, um desperdício de tempo. Dali em diante, todas as questões relativas à manutenção da fazenda seriam resolvidas por um comitê especial de porcos, presidido por ele. Eles se reuniriam em particular e comunicariam sua decisão aos outros. Os animais ainda voltariam a se reunir nas manhãs de domingo para saudar a bandeira, cantar "Bichos da Inglaterra" e receber as ordens da semana, mas não haveria mais debates.

Apesar do choque da expulsão de Bola de Neve, os animais estavam desolados pela notícia. Muitos deles teriam protestado se tivessem encontrado os argumentos certos. Até Lutador estava um tanto incomodado. Com as orelhas viradas para trás, sacudiu a crina em sua testa diversas vezes, tentando organizar suas ideias, mas não conseguiu pensar em nada que pudesse ser dito. Alguns dos porcos, no entanto, eram mais articulados. Quatro jovens castrados sentados na primeira fileira guincharam sua insatisfação e puseram-se de pé, todos falando ao mesmo tempo. Mas os cachorros que circulavam Napoleão rosnaram suas ameaças e os porcos se sentaram novamente. Então as ovelhas começaram a balir um tremendo coro de "Quatro pernas bom, duas pernas ruim!", que durou quase quinze minutos, dando um fim a qualquer chance de discussão.

Algum tempo depois, Garganta foi enviado para fazer uma ronda pela granja explicando a todos a nova estruturação.

"Camaradas", disse ele, "tenho certeza de que todos os animais aqui são gratos pelo sacrifício que o Camarada Napoleão fez ao assumir essa tarefa extra. Não pensem, camaradas, que a liderança é algo prazeroso! Pelo contrário, é uma responsabilidade enorme e pesada. Ninguém tem uma crença mais firme do que a do Camarada Napoleão no fato de que todos os animais são iguais. Ele adoraria deixar que vocês tomassem as decisões por si mesmos. Mas, às vezes, podem acabar tomando as decisões erradas, camaradas, e onde iríamos parar? Provavelmente teriam decidido seguir Bola de Neve com sua loucura de moinhos de vento – Bola de Neve, que não passava de um criminoso, como sabemos agora?"

"Ele teve muita coragem na Batalha do Estábulo", disse alguém.

"Coragem não basta", disse Garganta. "Lealdade e obediência são mais importantes. E quanto à Batalha do Estábulo, acredito que logo chegará o momento em que descobriremos que muito se exagerou quanto ao papel de Bola de Neve. Disciplina, camaradas, disciplina ferrenha! Essa é a palavra de ordem hoje. Um passo em falso e nossos inimigos voltarão. Vocês não querem Jones de volta, querem, camaradas?"

Novamente, o argumento não permitia resposta. Era certo que os animais não queriam a volta de Jones. Se manter os debates nas manhãs de domingo poderia fazer com que isso acontecesse, então que acabassem os debates. Lutador, depois de ter conseguido um tempo para pensar, deu voz ao sentimento geral dizendo: "Se o Camarada Napoleão diz, deve estar certo". Dali em diante, ele adotou a máxima "Napoleão está sempre certo", junto de seu lema pessoal "Trabalharei ainda mais".

Nessa época, o clima tinha melhorado e, com a chegada da primavera, começaram a arar o campo. O galpão onde Bola de Neve havia desenhado os planos para o moinho foi trancado, e presumia-se que os planos tinham sido apagados do chão. Todo domingo, às dez da manhã, os animais se reuniam no grande celeiro para receber as ordens da semana. O crânio do velho Major, já sem carne alguma, foi exumado do pomar e colocado em um toco na base do mastro, ao lado da espingarda. Depois da bandeira hasteada, era necessário que os animais fizessem uma fila e reverenciassem a caveira antes de entrar no celeiro. Já não se sentavam todos juntos, como se fazia no passado. Napoleão, com Garganta e outro porco chamado Minimus, que tinha um talento especial para compor canções e poemas, sentavam-se em frente à plataforma mais elevada, com os nove cachorros formando um semicírculo ao redor deles, e os outros porcos logo atrás. O resto dos animais se sentava de frente para eles na pista principal do celeiro. Napoleão lia as ordens da semana num tom áspero e militarista. Depois de cantar "Bichos da Inglaterra", os animais se dispersavam.

No terceiro domingo após a expulsão de Bola de Neve, os animais se surpreenderam com a notícia dada por Napoleão de que o moinho seria construído, afinal. Ele não justificou sua mudança de ideia, apenas avisou os animais de que essa tarefa extra significaria um trabalho muito pesado e talvez fosse necessário diminuir as rações. Os planos, no entanto, haviam sido todos preparados nos mínimos detalhes. Um comitê especial de porcos passou as últimas três semanas trabalhando nisso. Esperava-se que a construção do moinho, além de diversas outras melhorias, levaria dois anos.

Naquela noite, Garganta explicou em particular aos outros animais que Napoleão nunca tinha sido contra o moinho de vento. Pelo contrário: tinha sido ele o defensor da construção desde o início, e os planos que Bola de Neve desenhou no chão do galpão tinham sido roubados de Napoleão. O moinho de vento era, na verdade, uma criação do próprio Napoleão. Ora, então por que Napoleão se opôs tanto, perguntou alguém. Dissimulado, Garganta respondeu que era aí que estava a esperteza de Napoleão: ele *demonstrava* se opor ao moinho de vento em uma manobra para se livrar de Bola de Neve, que tinha um caráter perigoso e era uma má influência. Agora, com Bola de Neve fora do caminho, o plano poderia seguir em frente sem sua interferência. Isso, disse Garganta, era uma coisa chamada tática. Ele repetiu diversas vezes, "Tática, camaradas, tática!", pulando de um lado para o outro e balançando a cauda e rindo animadamente. Os animais não tinham muita certeza do que significava a palavra, mas Garganta falava de maneira tão persuasiva, e os cachorros que por acaso o acompanhavam rosnavam tão ameaçadoramente que todos aceitaram a explicação sem questionamentos.

Capítulo 6

Durante todo aquele ano, os animais trabalharam como escravos. Mas estavam felizes com seu trabalho, sem negar esforço ou sacrifício, com plena noção de que tudo que faziam era para o bem deles e dos que viessem depois, e não para um bando de humanos aproveitadores e preguiçosos.

Durante toda a primavera e o verão foram sessenta horas de trabalho semanal, e, em agosto, Napoleão anunciou que trabalhariam também nas tardes de domingo. Seria totalmente voluntário, mas os animais que não tomassem parte teriam a ração diminuída pela metade. Mesmo assim, acabou sendo necessário deixar algumas tarefas por fazer. A colheita teve menos sucesso que a do ano anterior, e, em dois campos onde deveriam ter sido plantadas raízes, nada foi plantado, pois a aragem não foi completada a tempo. Já era possível prever que o inverno seria difícil.

O moinho de vento trouxe dificuldades inesperadas. Havia uma boa jazida de calcário na granja e uma quantidade de areia e cimento foi encontrada em um dos galpões anexos, então os materiais de construção estavam todos à mão. Mas o problema que os bichos não conseguiram resolver de início era como quebrar as rochas em pedaços de tamanho utilizável. Parecia não haver um meio de fazê-lo que não fosse com o uso de picaretas e pés de cabra, algo que animal algum conseguiria porque não ficavam em pé sobre as patas traseiras. Passaram-se semanas de esforço inútil até que a ideia ocorresse a alguém - no caso, utilizar a força da gravidade. Por toda a pedreira havia grandes pedregulhos, grandes demais para serem usados como estavam. Os animais amarravam cordas ao redor das rochas e, todos juntos, vacas, cavalos, ovelhas, qualquer animal que pudesse segurar a corda - até os porcos juntavam-se a eles em momentos críticos - as arrastavam com desesperadora lentidão morro acima, até o topo da pedreira. Da beirada, deixavam o pedregulho cair e se quebrar em pedaços menores. Transportar as pedras depois de quebradas era mais simples, em comparação. Os cavalos carregavam com carroças, as ovelhas arrastavam blocos soltos, até Muriel e Benjamin arrearam-se a uma velha carruagem e fizeram sua parte. No fim do verão, já havia um suprimento suficiente de pedras e a construção começou, sob a supervisão dos porcos.

Mas foi um processo lento e laborioso. Com frequência, um dia inteiro e exaustivo de trabalho era necessário apenas para levar um único pedregulho até o topo da pedreira... e, em algumas ocasiões, mesmo empurrado da beira, ele não se quebrava no chão. Nada teria sido conseguido sem Lutador, cuja força parecia se igualar a de todos os outros animais juntos. Quando um pedregulho começava a escorregar e os animais gritavam desesperados, sendo arrastados morro abaixo, era sempre Lutador que esticava a corda e impedia a queda. Vê-lo labutando na encosta, um centímetro por vez, respirando pesado, agarrando-se ao solo pelas pontas dos cascos, com as grandes ancas molhadas de suor, sempre deixava todos os outros admirados. Sortuda o advertia ocasionalmente para que tomasse cuidado e não se esforçasse demais, mas Lutador nunca dava ouvidos. Seus dois lemas, "Trabalharei ainda mais" e "Napoleão está sempre certo", pareciam ser a resposta para todos os problemas. Ele tinha feito um acordo com o galo para que o acordasse quarenta e cinco minutos mais cedo nas manhãs, em vez de meia hora. Em seu tempo livre, que era cada vez mais escasso, ele ia até a pedreira, juntava um carregamento de pedras e o arrastava até a construção do moinho sem ajuda alguma.

As coisas não ficaram ruins para os animais durante o verão, apesar do trabalho pesado. Podiam não ter mais comida do que na época de Jones, mas pelo menos não tinham menos. A vantagem de não terem que alimentar cinco seres humanos extravagantes era tão grande que seria necessário cometer muitos erros para que deixasse de valer a pena. E, em muitos sentidos, o método dos animais era mais eficiente e poupava mais trabalho. Trabalhos como retirar ervas daninhas, por exemplo, podiam ser feitos com uma eficiência impossível para os humanos. E, também, como animal algum roubava, não havia necessidade de erguer cercas entre o pasto e a terra de cultivo, o que poupava a grande quantidade de trabalho necessária para manter sebes e portões. No entanto, enquanto passava o verão, diversos desprovimentos imprevistos se fizeram sentir. Havia necessidade de óleo de parafina, pregos, corda, biscoitos de cachorro e ferro para as ferraduras dos cavalos, e nada disso era produzido na granja. Logo também haveria necessidade de sementes e fertilizantes artificiais, além de diversas ferramentas e, por fim, o maquinário para o moinho de vento. Como tudo isso poderia ser adquirido, ninguém conseguia imaginar.

Na manhã de domingo, quando os animais se reuniram para receber as ordens, Napoleão anunciou ter decidido uma nova diretriz. De agora em diante, a Granja dos Bichos faria comércio com as granjas vizinhas. O objetivo, é claro, não era o lucro, mas apenas obter certos materiais mais urgentes. As necessidades do moinho de vento superariam qualquer outra, disse ele. Estava, portanto, fazendo preparativos para vender uma pilha de fardos de feno e parte da colheita de trigo, e, mais tarde, se mais dinheiro fosse necessário, seria conseguido com a venda de ovos, para os quais sempre havia o mercado em Willingdon. As galinhas, disse

Napoleão, deveriam abraçar esse sacrifício como uma contribuição especial para a construção do moinho de vento.

Mais uma vez, certa inquietude se abateu sobre os bichos. Nunca lidar com humanos, nunca fazer comércio, nunca utilizar dinheiro. Não estavam essas resoluções entre as aprovadas na primeira e triunfante reunião, logo depois de Jones ser expulso? Todos os animais se lembravam da aprovação dessas resoluções, ou pelo menos achavam se lembrar. Os quatro jovens porcos que protestaram quando Napoleão aboliu as reuniões levantaram timidamente a voz, mas foram prontamente silenciados pelo rosnar dos cachorros. E então, como sempre, as ovelhas começaram seu "Quatro pernas bom, duas pernas ruim!" e a estranheza momentânea acabou. Napoleão finalmente ergueu a pata pedindo silêncio e anunciou que já tinha feito todos os preparativos. Não haveria a necessidade de contato com seres humanos por parte de nenhum dos animais, algo que seria totalmente indesejável. Ele pretendia tomar todo o fardo sobre seus próprios ombros. Um tal Sr. Whymper, um advogado de Willingdon, tinha concordado em agir como intermediário entre a Granja dos Bichos e o mundo externo e visitaria a granja toda manhã de segunda-feira para receber suas ordens. Napoleão finalizou sua fala com o já usual "Vida longa à Granja dos Bichos!" e dispensou os animais depois de cantarem "Bichos da Inglaterra".

Garganta fez a ronda pela granja logo depois, tranquilizando os outros animais. Ele garantiu que a resolução contra realizar comércio ou usar dinheiro nunca tinha sido aprovada, nem sequer sugerida. Era pura imaginação, provavelmente um sintoma das mentiras iniciais propagadas por Bola de Neve. Alguns animais ainda sentiam um traço de dúvida, mas Garganta perguntou a eles, astuto: "Têm certeza de que isso não foi algo com que sonharam, camaradas? Há algum registro de tal decisão? Foi escrito em algum lugar?". E como era verdade que nada do tipo existia por escrito, os bichos se satisfizeram com a ideia de que estavam enganados.

Como combinado, o Sr. Whymper visitava a granja toda segunda-feira de manhã. Era um homenzinho de aparência maliciosa, de suíças no rosto, mas perspicaz o bastante para notar antes de qualquer outro que a Granja dos Bichos precisaria de um intermediário e que haveria uma boa comissão nisso. Os bichos viam suas idas e vindas com certo temor e o evitavam o máximo possível. Ainda assim, a visão de Napoleão em quatro patas, dando ordens a Whymper, em pé com suas duas pernas, lhes causava orgulho e os reconciliava, em partes, com o novo trato. Suas relações com a raça humana não eram mais como antes, nem um pouco. Os humanos não odiavam menos a Granja dos Bichos, que agora prosperava: na verdade, o ódio agora era ainda maior. Todos os humanos tinham como uma certeza o fato de que a granja iria à falência cedo ou tarde, e, acima de tudo, que o moinho de vento seria um fracasso. Encontravam-se nos bares e provavam uns aos outros, usando diagramas, que o moinho estava fadado a desabar; ou que, se conseguisse ser erguido, não funcionaria jamais. Porém mesmo contra a vontade, tinham desenvolvido certo respeito pela eficiência com a qual os animais gerenciavam suas obrigações. Um claro sintoma disso foi quando passaram a chamar a Granja dos Bichos por seu devido nome e deixaram de fingir que ainda se chamava Granja do Solar. Tinham também desistido de seu apoio a Jones, que abriu mão de tentar recuperar a granja e foi morar em outra parte do condado. À exceção de Whymper, ainda não tinha ocorrido qualquer contato entre a Granja dos Bichos e o mundo lá fora, mas havia boatos constantes de que Napoleão estava prestes a entrar em um acordo definitivo de negócios com ou o Sr. Pilkington, de Foxwood, ou o Sr. Frederick, de Pinchfield – mas nunca, notava-se, com os dois ao mesmo tempo.

Foi mais ou menos nessa época que os porcos subitamente instalaram-se na casa-grande. Mais uma vez, os animais pareciam se lembrar de que uma resolução contra isso havia sido aprovada nos primeiros dias, e, novamente, Garganta conseguiu convencê-los de que não era o caso. Era absolutamente necessário, disse ele, que os porcos, os cérebros da granja, tivessem um espaço quieto onde pudessem trabalhar. Era também mais adequado à dignidade do Líder (pois recentemente ele tinha passado a falar de Napoleão utilizando o título de "Líder") que morasse em uma casa e não em um mero chiqueiro. Ainda assim, alguns dos animais ficaram incomodados quando souberam que os porcos não apenas faziam suas refeições na cozinha e usavam a sala de estar como espaço de recreação, mas também dormiam nas camas. Lutador desprezou isso tudo com seu "Napoleão está sempre certo!", mas Sortuda tinha a impressão de se lembrar de uma regra contra camas, foi até o fundo do celeiro e tentou decifrar os Sete Mandamentos que lá estavam escritos. Percebendo-se incapaz de ler mais do que as letras individualmente, ela foi buscar Muriel.

"Muriel", disse ela, "leia para mim o Quarto Mandamento. Ele não diz algo sobre nunca dormir em uma cama?"

Com certa dificuldade, Muriel leu.

"Diz ali: 'Animal nenhum dormirá em uma cama com lençóis'", disse ela finalmente.

Curiosamente, Sortuda não se lembrava do Quarto Mandamento mencionar lençóis, mas se estava escrito na parede, assim deveria ser. E Garganta, que por acaso estava passando ali, acompanhado de dois ou três cachorros, pôde colocar toda a questão em sua devida perspectiva.

"Ficaram sabendo então, camaradas", disse ele, "que nós porcos agora dormimos em camas na casa-grande? E por que não? Não supunham que havia uma regra contra camas, por certo. Uma cama é apenas um lugar onde se dormir. Um monte de palha em uma baia é uma cama, se bem observada. A regra é contra lençóis, que são uma invenção humana. Removemos os lençóis das camas e dormimos entre cobertores. E são camas muito confortáveis, mas não mais do que o necessário, isso posso afirmar, camaradas, com todo o trabalho mental que temos que fazer hoje em dia. Vocês não nos privariam de nosso repouso, certo, camaradas? Nem gostariam que acabemos ficando cansados demais para cumprir nossos deveres, portanto. Tenho certeza de que nenhum de vocês quer Jones de volta, não?"

Os bichos deram sua confirmação imediata nessa questão, e nada mais foi dito sobre os porcos estarem dormindo nas camas da casa-grande. E alguns dias depois, quando foi anunciado que os porcos se levantariam uma hora mais tarde que os outros animais, reclamação alguma se ouviu quanto a isso também.

Quando chegou o outono, os animais estavam cansados, mas felizes. Tinham tido um ano difícil, mas depois da venda de parte do feno e do milho, os estoques de comida não estavam tão abundantes assim, mas o moinho de vento compensava por tudo. Estava quase pela metade, agora. Depois da colheita houve um período de clima seco e os animais trabalharam mais pesado do que nunca, pensando que valia muito a pena passar o dia inteiro carregando blocos de pedra para lá e para cá, se com isso pudessem elevar as paredes mais trinta centímetros. Lutador até saía à noite e trabalhava solitário por uma hora ou duas, sob a luz da lua. Em seu tempo livre, os animais caminhavam ao redor do moinho inacabado, admirando sua força e a perpendicularidade de suas paredes, impressionados de terem construído algo tão imponente. Apenas Benjamin se recusava a se entusiasmar com o moinho. Como sempre, emitia apenas sua costumeira afirmação de que burros vivem por muito tempo.

Novembro chegou trazendo fortes ventos sudoeste. A construção foi interrompida, pois a umidade impedia a mistura do cimento. Houve então, finalmente, uma noite em que a ventania foi tão forte que os galpões tremeram em suas fundações e várias telhas se desprenderam do telhado do estábulo. As galinhas acordaram cacarejando de terror porque todas tinham sonhado ao mesmo tempo ter ouvido uma arma sendo disparada a distância.

Pela manhã, os animais saíram de suas baias e perceberam que o mastro havia sido derrubado e um olmo havia sido desenraizado como se fosse um rabanete. Tinham acabado de perceber isso quando um grito de desespero veio às gargantas de todos os animais. Uma visão terrível lhes abatia sobre os olhos: o moinho de vento estava em ruínas.

De uma vez, todos correram até o local. Napoleão, que raramente fazia algo além de caminhar, correu na frente de todos. Sim, lá estava o fruto de seus esforços, derrubado até suas fundações, as pedras que tinham quebrado e carregado com tanto trabalho estavam agora espalhadas por todo lugar. No início, nada conseguiram falar, observando as pedras com pesar. Napoleão caminhou em silêncio, farejando o solo às vezes. Sua calda estava rígida e dava pequenos espasmos de um lado para o outro, um sinal de intensa atividade mental. Ele parou subitamente, como quem chega a uma conclusão.

"Camaradas", disse ele calmamente, "sabem quem é o responsável por isso? Sabem quem foi o inimigo que veio no meio da noite e derrubou nosso moinho de vento? BOLA DE NEVE!", rugiu o porco. "Bola de Neve fez isso! Por pura maldade, achando que atrasar nossos planos vingaria sua humilhante expulsão, o traidor rastejou até aqui sob o manto da noite e destruiu nosso trabalho de quase um ano inteiro. Camaradas, aqui e agora condeno Bola de Neve à morte. Uma comenda de 'Herói Animal de Segunda Classe' e meia saca de maçãs para o animal que o trouxer à justiça. Uma saca inteira se for capturado vivo!".

Os animais ficaram completamente chocados ao saber que Bola de Neve poderia ser culpado de algo assim. Houve um grito de indignação e todos começaram a pensar em meios de capturar Bola de Neve caso ele voltasse. Quase imediatamente, as pegadas de um porco foram descobertas na grama a poucos metros do morro. Podiam ser seguidas por alguns metros, mas pareciam levar a um buraco na sebe. Napoleão as farejou profundamente e disse pertencerem a Bola de Neve. Deu sua opinião de que Bola de Neve provavelmente tinha vindo da mesma direção da Granja Foxwood.

"Basta com essa espera, camaradas!", gritou Napoleão, após as pegadas serem examinadas. "Há trabalho a ser feito. Começaremos a reconstruir o moinho esta manhã e passaremos o inverno construindo, faça chuva ou faça sol. Ensinaremos a esse traidor miserável que ele não pode desfazer nosso trabalho tão facilmente. Lembrem-se, camaradas, não pode haver alteração nos nossos planos, que prosseguirão neste dia. Em frente, camaradas! Vida longa ao moinho de vento! Vida longa à Granja dos Bichos!"

Capítulo 7

Foi um duro inverno. As tempestades foram seguidas de granizo e neve, e depois uma geada que não cessou até o meio de fevereiro. Os animais continuaram como puderam com a reconstrução do moinho, sabendo muito bem que o mundo lá fora os observava e que os invejosos humanos ficariam exultantes se o moinho não fosse terminado a tempo.

Por puro desprezo, os humanos fingiam não acreditar que Bola de Neve tinha destruído o moinho, diziam que tinha desabado porque as paredes eram muito finas. Os animais sabiam que não era o caso. Ainda assim, tinha sido decidido que as paredes agora teriam um metro de espessura, e não os cinquenta centímetros de antes, o que significaria coletar quantidades muito maiores de pedra. A pedreira passou um longo tempo sob a neve e nada pôde ser feito. Conseguiu-se algum progresso com o tempo frio e seco que se seguiu, mas era um trabalho cruel, e os animais não tinham mais o mesmo otimismo de antes. Estavam sempre com frio e, geralmente, também com fome. Apenas Lutador e Sortuda não perderam a coragem. Garganta fez excelentes discursos quanto à alegria do serviço e à dignidade do trabalho, mas os outros animais encontraram mais inspiração na força de Lutador e em seu infalível lema "Trabalharei ainda mais!".

Em janeiro, a comida começou a faltar. A ração de milho reduziu drasticamente, e foi anunciado que uma porção extra de batatas seria disponibilizada como compensação. Então descobriu-se que a maior parte da colheita de batatas tinha congelado nas pilhas, por não ter sido coberta corretamente. Acabaram ficando molengas e pálidas e apenas algumas estavam em boas condições. Por muitos dias os animais nada tinham para comer, além de palha e beterraba forrageira. A fome parecia encará-los.

Era uma necessidade vital ocultar esse fato do mundo exterior. Encorajados pela queda do moinho de vento, os humanos inventavam novas mentiras sobre a Granja dos Bichos. Novamente falavam que todos os animais estavam morrendo de inanição e doenças, que continuavam lutando entre si mesmos e agora apelavam para o canibalismo e infanticídio. Napoleão sabia muito bem dos maus resultados que viriam a seguir se os fatos corretos quanto à situação alimentícia fossem revelados e decidiu usar o Sr. Whymper para difundir uma impressão contrária. Até o momento, os animais tinham pouco ou nenhum contato com Whymper em suas visitas semanais. Agora, no entanto, alguns animais escolhidos a dedo (geralmente ovelhas) eram instruídos a falar, como que por acaso, que as porções de ração tinham aumentado... sempre ao alcance da audição do advogado. Além disso, Napoleão ordenou que os latões quase vazios do depósito fossem enchidos até quase a boca com areia e depois cobertos com o que havia sobrado dos grãos e da farinha. Com algum pretexto mais sutil, Whymper era levado a passar pelo depósito e notar os latões. Foi devidamente enganado e continuou a reportar para o mundo exterior que não havia falta de comida na Granja dos Bichos.

No entanto, ao fim de janeiro ficou óbvio que seria necessário conseguir mais cereais em outro lugar. Nessa época, Napoleão raramente aparecia em público, passando todo o tempo na casa-grande, cujas portas eram protegidas por cachorros ferozes. Quando aparecia, era de maneira cerimonial, com uma escolta formada por seis cachorros que o cercavam e rosnavam para qualquer um que chegasse muito perto. Frequentemente, ele não aparecia sequer nas manhãs de domingo, emitindo suas ordens por um dos outros porcos, principalmente Garganta. Certa manhã de domingo, Garganta anunciou que as galinhas, que mal tinham começado a pôr seus ovos novamente, deveriam entregá-los. Napoleão havia acabado de aceitar, por intermédio de Whymper, um contrato que previa quatrocentos ovos por semana. O pagamento por eles seria em cereais e farinha suficientes para que a granja se sustentasse até a chegada do verão e de condições mais amenas.

Quando as galinhas ouviram as ordens, responderam com enorme clamor. Tinham sido avisadas de que o sacrifício poderia vir a ser necessário, mas não acreditariam que isso pudesse realmente acontecer. Estavam preparando as ninhadas para chocar durante a primavera e protestaram que tomar os ovos agora seria assassinato. Pela primeira vez, desde a expulsão de Jones, ocorria algo parecido com uma rebelião. Lideradas por três jovens frangas Minorca, as galinhas realizaram um esforço determinado para frustrar a vontade de Napoleão. O método utilizado foi voar para as vigas e pôr seus ovos lá mesmo, que se espatifavam no chão. Napoleão agiu rápida e impiedosamente. Ordenou que as rações das galinhas fossem cortadas e decretou que a punição a qualquer animal que cedesse a elas um único grão de milho seria a morte. Os cachorros garantiram que as ordens fossem cumpridas. As galinhas suportaram por cinco dias antes de ceder e voltar aos seus ninhos. Nove galinhas morreram nesse período. Seus corpos foram enterrados no pomar e foi divulgado que tinham morrido de coccidiose. Whymper nada soube quanto ao que se passou, e os ovos eram entregues pontualmente a um caminhão que vinha uma vez por semana à granja para fazer a retirada.

Não houve mais sinal algum de Bola de Neve. O rumor era de que estava escondido em uma das granjas vizinhas, Foxwood ou Pinchfield. Napoleão já estava em melhores termos com os outros granjeiros. Acontece que havia no pátio da Granja dos Bichos uma grande quantidade de madeira empilhada, acumulada dez anos antes, quando da derrubada de um pequeno bosque de fainas. Estando bem seca, Whymper aconselhou Napoleão que vendesse tudo, tanto Pilkington quanto Frederick estavam ansiosos em fazer a compra. Napoleão estava hesitante entre os dois, sem conseguir se decidir. Mas notou-se que quando o acordo estava quase fechado com Frederick, era declarado que Bola de Neve estava escondido em Foxwood. E quando Napoleão se inclinava mais para Pilkington, era dito que Bola de Neve estava em Pinchfield.

De repente, no início da primavera, algo alarmante foi descoberto. Bola de Neve frequentava a granja em segredo durante a noite! Os animais ficaram tão perturbados que mal conseguiam dormir em suas baias. Foi dito que todas as noites ele aparecia oculto pela escuridão e fazia todo tipo de maldade. Roubava o milho, entornava os baldes de leite, quebrava os ovos, esmagava sementes, roía a casca das árvores no pomar. Quando qualquer coisa dava errado, tornou-se comum atribuir a culpa a Bola de Neve. Se uma janela se quebrava ou um ralo entupia, alguém daria como certeza que ele tinha vindo durante a noite e causado o bloqueio; e quando a chave do depósito foi perdida, toda a granja se convenceu de que Bola de Neve a jogou no poço. Curiosamente, continuaram a acreditar nisso mesmo depois da chave perdida ser encontrada sob um saco de farinha. As vacas declararam com unanimidade que Bola de Neve tinha entrado sorrateiramente em suas baias e as ordenhado enquanto dormiam. Dos ratos, que causaram muitos problemas durante o inverno, falou-se que estavam mancomunados com Bola de Neve.

Napoleão decretou que haveria uma investigação criteriosa quanto às atividades de Bola de Neve. Acompanhado de seus cachorros, ele inspecionou os galpões da granja, com os outros bichos mantendo uma distância respeitosa. Napoleão parava e farejava o chão por traços de pegadas de Bola de Neve em breves intervalos, dizendo que podia detectá-lo pelo cheiro. Farejou todos os cantos do celeiro, do estábulo, do galinheiro e da horta, encontrando o rastro de Bola de Neve em quase todo lugar. Colocava o focinho no chão, inspirava algumas vezes e exclamava com uma voz terrível: "Bola de Neve! Ele esteve aqui! Posso sentir claramente seu cheiro!" e as palavras "Bola de Neve" faziam com que os cachorros rosnassem pavorosamente e mostrassem os dentes.

Os animais estavam totalmente apavorados. Parecia que Bola de Neve era algum tipo de influência invisível, permeando o ar ao redor e os ameaçando com todo tipo de perigo. No início da noite, Garganta reuniu todos e, com uma expressão alarmada, disse que tinha graves notícias para compartilhar.

"Camaradas!", gritou Garganta, saltitando nervosamente, "algo terrível foi descoberto. Bola de Neve se vendeu a Frederick, da Granja Pinchfield, que neste momento está planejando nos atacar e tomar nossa granja! Bola de Neve será seu guia quando o ataque começar. Mas isso não é o pior. Achávamos que a rebelião de Bola de Neve tinha sido causada por sua vaidade e ambição, apenas. Mas estávamos errados, camaradas. Sabem qual foi o verdadeiro motivo? Bola de Neve era aliado de Jones desde o início! Sempre foi um agente secreto. Tudo foi provado por documentos que ele deixou para trás e descobrimos apenas recentemente. Para mim, isso explica muitas coisas, camaradas. Não vimos nós mesmos o quanto ele tentou – e fracassou, felizmente – fazer com que fôssemos derrotados e destruídos durante a Batalha do Estábulo?"

Os bichos estavam perplexos. Era uma perversidade muito maior do que a destruição do moinho de vento. Passaram-se alguns minutos até que pudessem compreender completamente. Todos se lembravam, ou achavam que lembravam, de Bola de Neve atacando antes de todos os outros na Batalha do Estábulo, de como ele os encorajava a todo momento e que não tinha hesitado mesmo depois de sofrer um ferimento nas costas graças à arma de Jones. De início, foi um tanto difícil entender como isso tudo se encaixava no fato de ele estar mancomunado com Jones. Mesmo Lutador, longe de ser um questionador, estava confuso. Ele se deitou sobre as patas, fechou os olhos e se esforçou para tentar formular suas ideias.

"Não acredito nisso", disse ele. "Bola de Neve lutou bravamente na Batalha do Estábulo. Vi com meus próprios olhos. Não demos a ele uma medalha de 'Herói Animal de Primeira Classe' logo depois?"

"Foi um erro da nossa parte, camarada. Pois agora sabemos (e isso tudo está escrito nos documentos que encontramos) que, na verdade, ele estava tentando fazer com que fôssemos derrotados."

"Mas ele se feriu", disse Lutador. "Todos vimos o sangue escorrendo."

"Isso foi parte do acordo!", disse Garganta. "O tiro de Jones foi apenas de raspão. Eu poderia mostrar a vocês o que ele escreveu, se pudessem ler. O plano era que Bola de Neve, no momento mais crítico, desse o sinal de fuga e deixasse o campo para o inimigo. E ele quase conseguiu. Direi até que TERIA conseguido se não fosse pelo nosso heroico líder, Camarada Napoleão. Não se lembram de que, bem no momento em que Jones e seus homens entraram no pátio, Bola de Neve deu meia-volta e fugiu, e de quantos animais o seguiram? E não se lembram também de que foi bem naquele momento, quando o pânico se espalhava e tudo parecia perdido, que o Camarada Napoleão saltou adiante bradando 'Morte à Humanidade!' e cravou os dentes na perna de Jones? Por certo se lembram DISSO, não, camaradas?", exclamou Garganta, pulando de um lado para o outro.

Agora, com Garganta descrevendo a cena de maneira tão vívida, os animais tiveram a impressão de que realmente se lembravam. A lembrança de que no momento mais importante da batalha Bola de Neve tinha dado meia-volta era um fato. Mas Lutador continuava incomodado.

"Não acredito que Bola de Neve era um traidor no início", disse ele finalmente. "O que fez desde então é diferente, mas acredito que na Batalha do Estábulo ele era um bom camarada."

"Nosso Líder, Camarada Napoleão", anunciou Garganta, falando lentamente e com firmeza, "afirmou categoricamente – categoricamente, camarada – que Bola de Neve era agente de Jones desde o início, sim... e muito antes da Revolução sequer ser imaginada."

"Ah, isso é diferente!", disse Lutador. "Se o Camarada Napoleão disse isso, então só pode ser verdade."

"Esse é o espírito, camarada!", gritou Garganta, mas percebeu-se que seus olhinhos brilhantes fitaram Lutador com um ar nefasto. Ele se virou para partir, mas parou e completou expressivamente: "Alerto a todos os animais desta granja que fiquem de olhos bem abertos. Pois temos motivos para acreditar que Bola de Neve tem agentes ocultos entre nós neste exato momento!".

Quatro dias depois, no fim da tarde, Napoleão ordenou que todos os animais se reunissem no pátio. Quando estavam todos lá, Napoleão emergiu da casa-grande, usando ambas as suas medalhas (pois recentemente ele tinha concedido a si mesmo a honra de "Herói Animal de Primeira Classe", além da comenda de "Herói Animal de Segunda Classe"), com seus nove grandes cachorros ao seu redor, rosnando e causando calafrios a todos os bichos. Todos se encolheram silenciosamente em seus lugares, parecendo prever que algo de terrível estava prestes a acontecer.

Napoleão observou sua audiência, sisudo, e guinchou um chamado estridente. Os cachorros lançaram-se à frente instantaneamente, pegaram quatro dos porcos pela orelha e os arrastaram, gritando de dor e terror, até os pés de Napoleão. As orelhas dos porcos sangravam e os cachorros tinham sentido o sabor. Por alguns momentos, pareciam ter enlouquecido completamente. Para a surpresa de todos, três deles atacaram Lutador, que notou a aproximação e levantou um de seus grandes cascos, pegando um dos cachorros em pleno ar e prendendo-o no chão. O cão gritou por piedade e os outros dois se afastaram com o rabo entre as pernas. Lutador olhou para Napoleão, querendo saber se deveria esmagar o cachorro até a morte ou o libertar. Mudando de expressão, Napoleão ordenou com rispidez que Lutador o soltasse, e o grande cavalo levantou o casco e o cachorro fugiu, uivando ferido.

O tumulto se acalmou. Os quatro cachorros esperaram, tremendo, com a culpa tomando a expressão em seus rostos. Napoleão deixou para eles mesmos que confessassem seus crimes. Eram os mesmos quatro porcos que protestaram quando Napoleão aboliu as reuniões de domingo. Sem nenhum incentivo, confessaram que se comunicavam em segredo com Bola de Neve desde sua expulsão, e que tinham colaborado com ele na destruição do moinho de vento, que tinham entrado em um acordo quanto a entregar a Granja dos Bichos para o Sr. Frederick. Acrescentaram também que Bola de Neve tinha admitido para eles ser um agente secreto de Jones nos últimos anos. Quando terminaram a confissão, os cachorros rasgaram a garganta de cada um. Com uma voz terrível, Napoleão perguntou se algum outro animal tinha algo mais a confessar.

As três galinhas que tinham sido as líderes da tentativa de rebelião no caso dos ovos deram um passo à frente e declararam que Bola de Neve tinha aparecido para elas em um sonho e as incitado a desobedecer às ordens de Napoleão. Foram massacradas também. Então um ganso confessou ter escondido seis espigas de milho durante a colheita do ano anterior e as devorado à noite. Em seguida, uma ovelha confessou ter urinado no açude, sob sugestão de Bola de Neve; duas outras confessaram ter matado um velho carneiro, devoto fiel de Napoleão, perseguindo-o ao redor de uma fogueira enquanto tinha uma crise de tosse. Todos foram mortos ali mesmo. E as confissões e execuções continuaram, até que se formou uma pilha de cadáveres ante os pés de Napoleão e o ar tornou-se denso com o cheiro de sangue, algo que não ocorria desde a expulsão de Jones.

Quando tudo acabou, os animais que sobraram, exceto os porcos e cachorros, partiram de uma só vez. Estavam abalados e deprimidos. Não sabiam o que era mais chocante – a traição dos animais que se aliaram a Bola de Neve ou a cruel vingança que tinham acabado de testemunhar. Nos velhos tempos, banhos de sangue igualmente terríveis aconteciam com frequência, mas a sensação agora era muito pior, pois ocorrera entre eles. Desde que Jones deixou a granja, até aquele dia, animal algum havia matado outro animal. Nem um rato sequer. Tinham seguido para o pequeno morro onde estava o moinho de vento pela metade e, como um só, todos se deitaram para se manterem aquecidos – Sortuda, Muriel, Benjamin, as vacas, as ovelhas e todo o bando de gansos e galinhas – todos, a não ser pela gata, que tinha desaparecido pouco antes de Napoleão ordenar que todos se reunissem. Por um tempo, ninguém falou. Apenas Lutador permaneceu de pé, caminhando impaciente, batendo a longa cauda negra contra os flancos e com curtos relinchos de surpresa. Finalmente, ele disse:

"Não consigo entender. Eu não poderia acreditar que algo assim pudesse acontecer na nossa fazenda. A causa deve ser uma falha em nós mesmos. A solução, pelo que vejo, é trabalhar ainda mais. A partir de agora, devo acordar uma hora mais cedo pela manhã."

Ele trotou pesadamente em direção à pedreira. Chegando lá, coletou duas cargas de pedra seguidas e as arrastou até o moinho de vento antes de ir dormir.

Os animais congregaram ao redor de Sortuda, quietos. O morro onde estavam dava uma vista plena do campo. Quase toda a Granja dos Bichos estava em seu campo de visão – o longo pasto que ia até a estrada principal, o campo de feno, o bosque, o açude, os campos arados onde o trigo novo verdejava, e os telhados vermelhos dos galpões, com a fumaça saindo das chaminés.

Era uma tarde clara de primavera. A grama e as sebes eram cortadas pelos raios paralelos do Sol. Nunca antes a granja – e com certa surpresa se lembraram de que era a granja deles, cada centímetro era de propriedade deles – tinha parecido um local tão agradável. Os olhos de Sortuda se encheram d'água, observando a encosta. Se pudesse expressar seus pensamentos, teria dito que não era esse o objetivo quando se propuseram a trabalhar pela derrubada da raça humana. Aquelas cenas de terror e massacre não era o que imaginavam na noite em que o velho Major os incitou à rebelião pela primeira vez. Se ela mesma tinha alguma previsão para o futuro, seria de uma sociedade de animais livres da fome e do chicote, todos iguais, trabalhando de acordo com suas capacidades, os fortes protegendo os fracos, como ela tinha protegido a ninhada de patinhos na noite do discurso do Major. Em vez disso – ela não sabia por que –, tinham chegado a um momento em que ninguém se atrevia a dizer o que pensava, quando cachorros rondavam por todo lugar e era necessário ver seus camaradas feitos em pedaços depois de confessar crimes chocantes. Não havia nenhum pensamento sobre rebelião ou desobediência em sua mente. Ela sabia que, mesmo como estavam as coisas, ainda eram muito melhores do que na época de Jones, e, antes de qualquer outra coisa, era tudo necessário para prevenir o retorno dos humanos. Não importava o que acontecesse, ela continuaria sendo leal, trabalhando duro, seguindo as ordens dadas e aceitando a liderança de Napoleão. Mas, mesmo assim, não era por isso que ela e todos os outros animais esperavam ou tinham se esforçado tanto. Não era por isso que tinham construído o moinho de vento e encarado as balas da espingarda de Jones. É isso que se passava em sua cabeça, ainda que lhe faltassem as palavras para expressar.

Por fim, sentindo talvez que pudesse com isso substituir as palavras que não conseguia encontrar, ela começou a cantar "Bichos da Inglaterra". Os outros animais sentados ao seu redor a acompanharam e cantaram a canção três vezes – muito afinados, mas lenta e pesarosamente, como nunca haviam cantado antes.

Tinham acabado de cantar pela terceira vez quando Garganta, acompanhado por dois cachorros, veio até eles com o ar de quem tem algo muito importante a dizer. Ele anunciou que, por um decreto especial do Camarada Napoleão, "Bichos da Inglaterra" tinha sido abolida. Era proibido cantá-la daquele momento em diante.

Foram pegos de surpresa.

"Por quê?", perguntou Muriel.

"Não é mais necessária, camarada", disse Garganta, bruscamente. "'Bichos da Inglaterra' era a canção da Revolução. Mas a Revolução está completa. A execução dos traidores esta tarde foi seu ato final. Os inimigos internos e externos foram derrotados. 'Bichos da Inglaterra' expressava nosso anseio por uma sociedade melhor no futuro. Mas essa sociedade já foi estabelecida. Claramente, cantar essa canção não serve mais a propósito algum."

Mesmo assustados como estavam, alguns animais poderiam ter protestado, mas as ovelhas começaram a balir o costumeiro "Quatro pernas bom, duas pernas ruim", que durou alguns minutos e pôs um fim à discussão.

Então nunca mais se ouviu "Bichos da Inglaterra". Em seu lugar, Minimus, o poeta, compôs outra canção que começava assim:

Granja dos Bichos, granja amada,
Pelas mãos minhas, jamais será maltratada!

E assim era cantada todas as manhãs de domingo depois de hasteada a bandeira. Mas nenhum dos versos ou mesmo a melodia pareciam jamais chegar aos pés de "Bichos da Inglaterra".

Capítulo 8

Alguns dias depois, passado o horror causado pelas execuções, alguns dos animais se lembraram – ou achavam ter lembrado – de que o Sexto Mandamento dizia "Animal nenhum matará outro animal". E ainda que ninguém tivesse mencionado na presença dos porcos ou cachorros, a sensação era de que as mortes que haviam ocorrido não levavam isso em conta. Sortuda pediu que Benjamin lesse para ela o Sexto Mandamento. Quando ele, como sempre, disse que se recusava a se meter nessas questões, ela foi atrás de Muriel, que leu o que estava escrito: "Animal algum matará outro animal SEM CAUSA JUSTA". De algum modo, as últimas três palavras tinham escapado à memória dos animais. Mas agora eles sabiam que o Mandamento não tinha sido violado, pois havia um claro e bom motivo para matar os traidores que se aliaram a Bola de Neve.

Por todo o ano os animais trabalharam ainda mais do que no anterior. Para reconstruir o moinho de vento com as paredes tendo o dobro da espessura e finalizá-lo na data determinada, além do trabalho normal da granja, era um esforço tremendo. Houve momentos em que parecia que todos trabalhavam mais que na época de Jones e não se alimentavam tão melhor assim. Nas manhãs de domingo, Garganta, segurando uma longa tira de papel em suas patas, lia para os bichos uma lista de números, provando que a produção de todos os gêneros alimentícios tinha aumentado em duzentos por cento, trezentos por cento ou quinhentos por cento, dependendo do caso. Os animais não viam motivo para duvidar, principalmente porque não se lembravam mais muito bem de como eram as coisas antes da Revolução. Mesmo assim, havia dias em que sentiam preferir menos números e mais comida.

Todas as ordens agora eram repassadas por Garganta ou um dos outros porcos. Napoleão agora só era visto uma vez por quinzena, talvez. Quando aparecia de fato, era acompanhado não apenas por sua comitiva de cachorros, mas também por um galo preto que marchava em sua frente e fazia papel de corneteiro, soltando um barulhento "cocoricó" antes das falas de Napoleão. Mesmo na casa-grande, diziam, Napoleão ocupava cômodos separados dos outros. Ele fazia suas refeições sozinho, com dois cachorros o servindo, e sempre utilizava as porcelanas que ficavam na cristaleira da sala de estar. Foi também anunciado que a espingarda seria disparada no aniversário de Napoleão, assim como nas duas outras datas.

Nunca se referiam a Napoleão simplesmente como "Napoleão". Sempre era utilizada a maneira mais formal "nosso Líder, Camarada Napoleão". Os porcos também gostavam de inventar para ele títulos como Pai dos Bichos, Terror da Humanidade, Protetor dos Ovinos, Amigo dos Patinhos e similares. Em seus discursos, Garganta deixava escorrer lágrimas em seu rosto quando falava da sabedoria, da bondade no coração de Napoleão, do profundo amor que tinha por todos os animais de todo lugar, principalmente os bichos infelizes que ainda viviam na ignorância e na escravidão em outras granjas. Tinha se tornado comum creditar Napoleão com toda conquista e golpe de sorte. Ouvia-se com frequência uma galinha dizer para a outra que "sob a orientação de nosso Líder, Camarada Napoleão, botei cinco ovos em seis dias"; ou duas vacas bebendo água no açude exclamando que "graças à liderança do nosso Camarada Napoleão, esta água tem um gosto excelente!". O sentimento geral na granja era muito bem expressado em um poema de título "Camarada Napoleão", composto por Minimus:

Amigo dos órfãos!
Fonte de alegria!
Senhor do balde de lavagem!
Meu espírito arde, ofuscado no brilho maravilhoso
quando miro teu olhar imperioso.
Como fitar o astro-rei do panteão,
Camarada Napoleão!

Provedor tu és
de tudo que amamos
e não evita precisar.
Bucho cheio todo o dia, palha limpa para deitar.
O tamanho não deve importar para todos em seu coração
Camarada Napoleão!

Tivesse eu um leitão,
antes que pudesse
da teta desmamar
e crescer como um garrafão ou pequeno barril seria seu primeiro pio,
forçado em seu pulmão,
Camarada Napoleão!

A aprovação de Napoleão fez com que o poema fosse escrito na parede do grande celeiro, oposta a que se encontravam os Sete Mandamentos. Acima dele, Garganta pintou um retrato de Napoleão, de perfil, com tinta branca.

Enquanto isso, por intermédio de Whymper, Napoleão tinha entrado em complicadas negociações com Frederick e Pilkington.

A pilha de madeira continuava sem um comprador. Dos dois, Frederick era o mais ansioso por fazer a compra, mas não oferecia um preço razoável. Ao mesmo tempo havia novos rumores de que Frederick e seus homens estavam planejando atacar a Granja dos Bichos para destruir o moinho de vento, a construção que tinha causado nele uma inveja furiosa. Sabia-se que Bola de Neve se escondia na Granja Pinchfield. No meio do verão, os bichos ficaram abalados ao saber que três galinhas confessaram que, inspiradas por Bola de Neve, tinham entrado em uma conspiração para assassinar Napoleão. Foram executadas imediatamente e novas precauções foram tomadas para garantir a segurança do líder. Quatro cachorros protegiam sua cama à noite, um em cada canto do quarto, e um jovem porco chamado Rosildo recebeu a tarefa de experimentar a comida de Napoleão antes que ele comesse, evitando envenenamento.

Mais ou menos na mesma época foi revelado que Napoleão tinha vendido a pilha de madeira para o Sr. Pilkington, que também entraria em um acordo para trocar certos produtos entre a Granja dos Bichos e Foxwood. As relações entre Napoleão e Pilkington, ainda que conduzidas via Whymper, agora eram quase amigáveis. Os animais não confiavam em Pilkington por ser humano, mas preferiam-no muito mais a Frederick, a quem tanto temiam quanto odiavam. Com o passar do verão, o moinho de vento estava prestes a ser terminado. Os boatos de um ataque vindouro ficavam cada vez mais fortes. Falava-se sobre Frederick pretender trazer vinte homens armados contra a granja, que já tinha subornado os magistrados e a polícia, para que, caso conseguisse pegar a escritura da Granja dos Bichos, nada fosse questionado. Além disso, vinham de Pinchfield histórias sobre as crueldades de Frederick contra seus bichos. Ele tinha chicoteado um velho cavalo até a morte, fazia as vacas passarem fome, matou um cachorro jogando-o numa fornalha, se divertia durante as tardes fazendo galos brigarem usando lâminas amarradas às patas. Ouvir que tais atrocidades eram feitas com seus camaradas fazia o sangue dos animais ferver. Às vezes clamavam pedindo permissão para ir até Pinchfield expulsar os humanos e libertar os bichos. Mas Garganta os aconselhava a evitar ações impensadas e confiar na estratégia do Camarada Napoleão.

Ainda assim, o ódio contra Frederick continuava elevado. Numa manhã de domingo, Napoleão apareceu no celeiro e explicou que em momento algum tinha contemplado vender a pilha de madeira para Frederick, considerava algo indigno lidar com canalhas de tal estirpe. Os pombos, que ainda eram enviados para espalhar a mensagem da Revolução, foram proibidos de pousar em Foxwood e instruídos para que o dizer "Morte à Humanidade" fosse substituído por "Morte a Frederick". No fim do verão, novas maquinações de Bola de Neve foram reveladas. A plantação de trigo estava cheia de joio e descobriu-se que, em uma de suas visitas noturnas, ele tinha misturado as sementes. Um ganso confessou a Garganta sua participação no plano e suicidou-se imediatamente, comendo frutinhas venenosas. Os animais ficaram sabendo também que Bola de Neve nunca tinha recebido a medalha de "Herói Animal de Primeira Classe", como muitos se lembravam. Era apenas uma lenda, espalhada pelo próprio Bola de Neve, algum tempo depois da Batalha do Estábulo. Muito pelo contrário, ele tinha sido censurado por demonstrar covardia no conflito. Novamente, os animais ouviram isso com perplexidade, mas Garganta logo conseguiu convencê-los de que suas lembranças estavam erradas.

No outono, com um esforço tremendo – pois a colheita foi feita em paralelo – o moinho foi finalizado. A maquinaria ainda precisava ser instalada e Whymper estava negociando sua compra, mas a estrutura estava completa. A despeito de todas as dificuldades, da inexperiência, das ferramentas primitivas, da má sorte e da interferência de Bola de Neve, o trabalho finalmente terminou, no exato dia marcado! Exaustos, porém orgulhosos, os animais deram voltas em sua obra-prima, que parecia mais bela do que quando construída pela primeira vez. Além disso, as paredes tinham o dobro da espessura anterior. Apenas explosivos poderiam derrubá-las desta vez! E quando pensavam na quantidade de trabalho, nas dificuldades que tiveram que superar, na enorme diferença que faria em suas vidas quando as pás estivessem girando e os dínamos em funcionamento. Quando pensavam em tudo isso, o cansaço os deixou e dançaram ao redor do moinho, soltando gritos triunfantes. Napoleão em pessoa, com seus cachorros e seu galo, foi inspecionar o trabalho finalizado. Parabenizou pessoalmente os animais por sua realização e anunciou que o moinho seria batizado de Moinho Napoleão.

Dois dias depois, os animais foram chamados para uma reunião especial no celeiro. Foram tomados de surpresa quando Napoleão anunciou que tinha vendido a pilha de madeira para Frederick. As carroças de Frederick viriam no dia seguinte para fazer a retirada. Durante todo o período em que parecia ter uma amizade com Pilkington, Napoleão, na verdade, tinha um acordo secreto com Frederick.

Todas as relações com Foxwood foram cortadas, mensagens ofensivas foram enviadas a Pilkington. Os pombos foram instruídos a evitar a Granja Pinchfield e mudar o lema de "Morte a Frederick" para "Morte a Pilkington". Ao mesmo tempo, Napoleão assegurou aos animais que as notícias sobre um vindouro ataque na Granja dos Bichos eram completamente falsas e que as histórias quanto à crueldade de Frederick tinham sido muito exageradas. Todos esses rumores tinham provavelmente se originado com Bola de Neve e seus agentes. Agora parecia que Bola de Neve não estava, afinal, escondido na Granja Pinchfield. Aliás, nunca tinha sequer pisado lá em toda sua vida. Na verdade, estava vivendo – com muito luxo, foi dito – em Foxwood, e, na verdade, era hóspede de Pilkington há alguns anos.

Os porcos estavam extasiados pela astúcia de Napoleão. Por parecer ser amistoso com Pilkington, ele tinha forçado Frederick a elevar seu preço em doze libras. Mas, segundo Garganta, a qualidade superior da mente de Napoleão se demonstrava no fato de que não confiava em ninguém, nem mesmo em Frederick. Frederick queria pagar pela madeira com algo chamado "cheque", que, aparentemente, era um pedaço de papel com a promessa de pagar o que nele estava escrito. Mas Napoleão era inteligente demais para ele. Tinha exigido o pagamento em notas verdadeiras de cinco libras, entregues antes da remoção da madeira. Frederick já tinha pagado, e a soma era suficiente para comprar o maquinário do moinho.

Enquanto isso, a madeira era retirada com rapidez. Quando finalizada, outra reunião especial foi realizada no celeiro para que os animais inspecionassem as cédulas de Frederick. Sorrindo, como que abençoado, vestindo suas duas condecorações, Napoleão recostou-se em uma pilha de palha na plataforma, com o dinheiro ao seu lado, cuidadosamente empilhado numa travessa de porcelana da cozinha da casa-grande. Os animais passaram em fila, um por um, observando o quanto necessário. E Lutador esticou o focinho para farejar as notas e as frágeis coisinhas brancas se agitaram com sua respiração.

Três dias depois veio um terrível pandemônio. Whymper, pálido como um cadáver, veio correndo com sua bicicleta, a jogou no pátio e foi direto para dentro da casa-grande. A seguir, um rugido de ódio foi ouvido vindo dos cômodos de Napoleão. As notícias do acontecido se espalharam pela granja como fogo de palha. As notas eram falsificadas! Frederick conseguiu a madeira em troca de nada!

Napoleão ordenou que os animais se reunissem imediatamente e, com uma voz terrível, pronunciou a sentença de morte de Frederick: quando capturado, seria fervido vivo. Ao mesmo tempo, avisou que, depois de uma traição como essa, podiam esperar pelo pior. Frederick e seus homens poderiam fazer o tão falado ataque a qualquer momento. Sentinelas foram colocados em todas as entradas da granja. Além disso, quatro pombos foram enviados a Foxwood com uma mensagem conciliatória, que, esperava-se, pudesse reestabelecer as boas relações com Pilkington.

O ataque veio na manhã seguinte. Os animais estavam tomando café da manhã quando os batedores vieram correndo, avisando que Frederick e seus homens já haviam entrado pelo portão de cinco barras. Corajosos, os animais avançaram para encará-los, mas a vitória desta vez não veio tão facilmente quanto na Batalha do Estábulo. Eram quinze homens, meia dúzia deles estava armada e abriu fogo a cinquenta metros. Os animais não tinham como encarar as terríveis explosões ou o chumbo e, apesar dos esforços de Napoleão e Lutador em fazê-los prosseguir com a luta, logo foram forçados a recuar. Alguns deles já estavam feridos. Se refugiaram nos galpões e observaram amedrontados pelas frestas. Todo o pasto, incluindo o moinho, estava nas mãos do inimigo. Naquele momento, Napoleão parecia impotente. Andava impaciente, sem dizer uma palavra, com a cauda rígida e tremendo. Olhares melancólicos eram lançados em direção a Foxwood. Se Pilkington e seus homens viessem ajudar, talvez houvesse salvação. Porém, nesse instante, retornaram os quatro pombos enviados no dia anterior, um deles carregando um pedaço de papel de Pilkington. Nele, escritas à mão, estavam as seguintes palavras: "Muito bem feito".

Frederick e seus homens tinham parado diante do moinho de vento. Os animais observavam e correu um murmúrio de desespero. Dois homens empunhavam um pé de cabra e uma marreta. Pretendiam derrubar o moinho de vento.

"Impossível!", gritou Napoleão. "As paredes que construímos são grossas demais para isso. Passariam uma semana tentando e não as derrubariam. Coragem, camaradas!"

Mas Benjamin estava observando com atenção os movimentos dos homens. Os dois com o pé de cabra e a marreta estavam abrindo um buraco na base do moinho. Lentamente, com um ar que beirava o divertimento, assentia com o focinho.

"Como pensei", disse ele. "Não perceberam o que eles estão fazendo? Vão colocar pólvora naquele buraco."

Apavorados, os animais esperaram. Era impossível se aventurarem além do abrigo dos galpões. Depois de alguns minutos, os homens correram em todas as direções. Houve então um barulho ensurdecedor. Os pombos voaram e todos os animais, menos Napoleão, jogaram-se ao chão e esconderam o rosto. Quando se levantaram, uma enorme nuvem de fumaça preta tinha tomado o lugar do moinho. Lentamente, a brisa a afastou... e o moinho de vento não existia mais!

Tal visão devolveu a coragem aos animais. O medo e o desespero que sentiram no momento anterior foram afogados pela raiva causada pelo ato vil e desprezível. Um clamor por vingança foi ouvido e, sem esperar por ordens, atacaram em uníssono, avançando sobre o inimigo. Desta vez não se importaram com a chuva de chumbo. Foi uma batalha intensa e selvagem. Os homens atiraram repetidamente e, quando os animais chegaram mais perto, alternaram para seus bastões e botas pesadas. Uma vaca, três ovelhas e dois gansos foram mortos, e quase todos foram feridos. Até Napoleão, coordenando as operações da retaguarda, teve a ponta da cauda arranhada por uma bola de chumbo. Mas os homens não saíram ilesos também. Três deles tiveram o crânio rachado pelos cascos de Lutador, um foi chifrado na barriga por uma vaca, outro teve as calças arrancadas por Jessie e Florzinha. E quando os nove cachorros que compunham a guarda de Napoleão, a quem ele havia instruído que dessem a volta por trás das sebes, apareceram no flanco dos homens e começaram a latir, o pânico tomou conta. Viram que corriam o risco de serem cercados. Frederick gritou para que seus homens fugissem enquanto ainda era possível. No momento seguinte, os covardes corriam, temendo pela vida. Os bichos os perseguiram até o fim do campo, e até conseguiram mais alguns coices enquanto os homens tentavam passar pela sebe espinhosa.

Eles tinham vencido, mas estavam exaustos e feridos. Voltaram lentamente e mancando em direção à granja. A visão de camaradas mortos estirados na grama levou alguns às lágrimas. E por um tempo ficaram parados em pesaroso silêncio no local onde antes havia o moinho. Sim, tinha sido destruído a ponto de mal ter sobrado sinal de todo o trabalho que tiveram. Mesmo as fundações foram parcialmente destruídas. E nem sequer seria possível desta vez reconstruir com as pedras tombadas, pois tinham sumido, arremessadas a centenas de metros de distância, dada a força da explosão. Era como se o moinho de vento jamais tivesse existido.

Ao retornarem ao pátio, encontraram Garganta, que não tinha dado as caras durante a luta. Veio saltitando na direção dos outros, balançando o rabinho e exultante com tanta satisfação. Da direção da casa-grande, os animais ouviram o estrondo solene de uma espingarda.

"Estão atirando para quê?", perguntou Lutador.

"Para celebrar nossa vitória!", respondeu Garganta.

"Que vitória?", disse Lutador. Seus joelhos sangravam, tinha perdido uma ferradura e partido o casco, e uma dúzia de bolas de chumbo estavam alojadas em uma perna traseira.

"Que vitória, camarada? Não expulsamos o inimigo do nosso solo – o solo sagrado da Granja dos Bichos?"

"Mas eles destruíram o moinho de vento. E passamos dois anos trabalhando nele!"

"De que importa? Construiremos outro moinho. Construiremos seis moinhos se quisermos. Você não dá valor à enorme conquista que tivemos, camarada. O inimigo ocupou esta terra em que estamos agora. E, agora – graças à liderança do Camarada Napoleão – recuperamos cada centímetro dela!"

"Então ganhamos o que já tínhamos antes", disse Lutador.

"Essa é a nossa vitória", disse Garganta.

Mancaram de volta até o pátio. O chumbo na perna de Lutador doía muito. Ele imaginou o pesado trabalho de reconstruir o moinho, desde as fundações, e já se preparava para a tarefa. Mas, pela primeira vez, ocorreu-lhe que tinha 11 anos de idade e que talvez seus grandes músculos não fossem mais tão fortes quanto já tinham sido.

Mas quando os animais viram a bandeira verde tremulando, ouviram a arma sendo disparada novamente – foi disparada sete vezes, no total – e ouviram o discurso de Napoleão, congratulando-os pelo modo como se comportaram, pareceu-lhes que realmente tinha sido uma grande vitória. Aos animais mortos foi concedido um solene funeral. Lutador e Sortuda puxaram o carroção quer serviu de carro fúnebre, e Napoleão em pessoa caminhou à frente da procissão. Dois foram os dias de comemoração. Houve música, discursos e mais disparos da espingarda, uma maçã a mais foi dada para cada animal, meia xícara de milho para cada pássaro e três biscoitos para cada cachorro. Foi anunciado que a batalha receberia o nome de Batalha do Moinho de Vento, e que Napoleão tinha criado uma nova condecoração, a Ordem da Flâmula Verde, que tinha concedido a si mesmo. Durante as comemorações, o infeliz caso das cédulas foi esquecido.

Foi alguns dias depois que os porcos descobriram um engradado de uísque no porão da casa-grande. Tinha sido ignorado quando a casa foi ocupada. Naquela noite, ouviu-se muita cantoria vindo da casa-grande, incluindo até trechos de "Bichos da Inglaterra", para surpresa de todos. Por volta das nove e meia da noite, Napoleão, usando um velho chapéu-coco do Sr. Jones, foi claramente visto saindo pela porta dos fundos, galopou rapidamente pelo pátio e desapareceu na casa-grande novamente. Mas quando amanheceu, um silêncio profundo tomou a casa. Porco algum parecia acordado. Eram quase nova horas quando Garganta apareceu, andando lenta e forçosamente, com os olhos pesados e arrastando a cauda, com toda a aparência de estar doente. Ele reuniu os animais e disse a eles que tinha notícias terríveis a compartilhar. O Camarada Napoleão estava morrendo!

Deu-se um grito de lamento. Colocaram palha nas portas da casa-grande e os animais andaram na ponta dos pés. Com lágrimas nos olhos, perguntavam uns aos outros o que fariam se perdessem seu líder. Circulou um boato de que Bola de Neve finalmente tinha conseguido envenenar a comida de Napoleão. Às onze da manhã, Garganta fez mais um anúncio. Como seu último ato em vida, o Camarada Napoleão fez um solene decreto: o consumo de álcool seria punido com pena de morte.

No entanto, durante a tarde, Napoleão parecia ter melhorado, e, na manhã seguinte, Garganta pôde dizer a todos que ele estava se recuperando. Na tarde daquele dia Napoleão estava de volta ao trabalho, e no dia seguinte ficou-se sabendo que tinha instruído Whymper para que comprasse em Willingdon manuais de fermentação e destilação. Uma semana depois, Napoleão ordenou que o padoque atrás do pomar, que antes servia de área de pasto para animais aposentados, deveria ser arado. Foi dito que a pastagem estava velha e precisava ser ressemeada, mas logo tornou-se conhecido o fato de que Napoleão pretendia plantar cevada ali.

Nessa mesma época ocorreu um estranho incidente que quase ninguém conseguiu entender. Por volta da meia-noite, houve um barulho no pátio e os animais correram para fora de suas baias. Aos pés da parede traseira do grande celeiro, onde estavam escritos os Sete Mandamentos, viram uma escada partida ao meio. Garganta, um tanto atordoado, estava estirado logo em seguida, e perto dele havia uma lanterna, um pincel e uma lata virada de tinta branca. Os cachorros imediatamente fizeram um círculo ao redor de Garganta e o escoltaram de volta à casa-grande assim que pôde andar. Nenhum dos animais conseguiu formular muito bem uma ideia do que aquilo poderia significar, a não ser por Benjamin, que acenou com o focinho com ar de sabedoria e parecia entender, mas nada disse.

Alguns dias depois, Muriel, lendo os Sete Mandamentos para si mesma, percebeu outro que os animais lembravam errado. Achavam que o Quinto Mandamento era "Animal nenhum beberá álcool", mas havia duas palavras que eles tinham esquecido. Na verdade, o Mandamento dizia: "Animal nenhum beberá álcool EM EXCESSO."

Capítulo 9

O casco aberto de Lutador demorou um bom tempo para sarar. Tinham começado a reconstruir o moinho de vento um dia depois das celebrações da vitória. Ele se recusava a tirar ao menos um dia de folga e tornou uma questão de honra não deixar que notassem sua dor. Nas tardes ele admitia em particular a Sortuda que o casco o incomodava bastante. Sortuda o tratava com emplastros de ervas que preparava, mas tanto ela quanto Benjamin pediam-lhe que trabalhasse menos. "Os pulmões de um cavalo não duram para sempre", disse ela. Mas Lutador não dava atenção. Ele disse que só tinha mais uma ambição: ver o moinho de vento funcionando antes de sua aposentadoria.

No início, quando as leis da Granja dos Bichos foram formuladas, a idade de aposentadoria para cavalos e porcos tinha sido determinada em 12 anos, 14 para as vacas, 9 para cachorros, 7 para ovelhas e 5 para galinhas e gansos. Acordaram-se pensões generosas para os mais velhos. Até aquele momento, animal algum tinha entrado em aposentadoria, mas o assunto era discutido cada vez mais. Agora que o pequeno campo atrás do pomar tinha sido reservado para a cevada, houve rumores de que um canto do maior pasto seria cercado e direcionado para os mais velhos.

Para um cavalo, como prometido, a pensão seria de 2,5 quilos de milho por dia e, no inverno, 8 quilos de feno, com uma cenoura ou talvez uma maçã nos feriados. O décimo segundo aniversário de Lutador viria no final do verão do ano seguinte.

No momento, a vida era difícil. O inverno foi tão frio quanto o anterior e a comida ainda mais reduzida. Mais uma vez, todas as rações foram diminuídas, exceto a dos porcos e cachorros. Uma igualdade rígida demais nas rações iria contra os princípios do Animalismo, segundo Garganta. De qualquer forma, ele não teve dificuldades em provar aos outros animais que NÃO havia falta de alimento, apenas parecia ser o caso. Naquele momento, claro, foi necessário fazer reajustes nas ações (Garganta sempre fala de "reajustes", nunca "reduções"), mas em comparação com o tempo de Jones, a melhora era enorme. Lendo os números com a voz rápida e estridente, ele provou, nos mínimos detalhes, que havia mais aveia, mais feno, mais beterrabas do que na época de Jones, que trabalhavam menos, viviam mais, que uma porção maior dos filhotes sobrevivia à infância, e que tinham mais palha nas baias e sofriam com menos pulgas. Os animais acreditavam em tudo. A verdade é que Jones e tudo que ele representava tinha quase desaparecido de suas lembranças. Eles sabiam que a vida era dura e precária, que costumavam sentir fome e passar frio e que só não trabalhavam quando estavam dormindo. Mas, sem dúvida, era pior antigamente. Eles acreditavam alegremente nisso. Além disso, naquela época eram escravos, e agora estavam livres, isso fazia toda a diferença, como Garganta não cansava de lembrar a todos.

Havia muito mais bocas para alimentar agora. No outono, as quatro porcas tiveram ninhadas ao mesmo tempo, produzindo trinta e um leitões ao todo. Eram todos malhados e, sendo Napoleão o único varrão da granja, era fácil adivinhar a paternidade. Foi anunciado que quando tijolos e madeira fossem comprados, seria construída uma escola no jardim da casa-grande. Por enquanto, os porquinhos receberiam suas lições com o próprio Napoleão na cozinha da casa. Faziam seus exercícios no jardim e eram desencorajados de brincar com os filhotes dos outros animais. Também nessa época, foi passada uma regra de que quando um porco e outro animal se encontrassem, o outro animal deveria dar passagem. E também que todos os porcos, sem importar a classe, teriam o privilégio de vestir uma fita verde na cauda aos domingos.

O ano da fazenda tinha sido moderadamente bom, mas ainda faltava dinheiro. Havia a necessidade de comprar tijolos, areia e cal para a escola, e também seria necessário começar a economizar novamente para o maquinário do moinho. Havia também o óleo para os lampiões e velas da casa, açúcar para a mesa de Napoleão (que ele proibiu aos outros porcos, dizendo que isso os deixava mais gordos), e todas as substituições costumeiras, como ferramentas, pregos, cordas, carvão, arame, ferro-velho e biscoitos para os cachorros. Uma meda de feno e parte da colheita de batatas foram vendidas, e o contrato dos ovos aumentou para seiscentos por semana, e naquele ano as galinhas mal puderam chocar pintinhos em número suficiente para manter suas fileiras. Rações, reduzidas novamente em dezembro, receberam outro corte em fevereiro; as lanternas nas baias foram proibidas para poupar óleo. Mas os porcos pareciam bem confortáveis, até dava para notar que tinham engordado.

Em uma tarde de fevereiro, um aroma rico e apetitoso tomou o ar, algo que os bichos nunca tinham sentido antes, se espalhando por todo o pátio, vindo da pequena cervejaria que estava desativada desde a época de Jones, um anexo da cozinha. Alguém disse que era cheiro de cevada cozida. Os animais farejavam o ar, famintos, achando que haveria algum cozido para o jantar. Mas cozido algum apareceu e foi anunciado no domingo que toda a cevada seria reservada para os porcos. O campo atrás do pomar já tinha sido semeado com a cevada. Logo também vazou a notícia de que todos os porcos agora recebiam como parte da ração um copo de cerveja diariamente, com dois litros para Napoleão, sempre servidos na vasilha de porcelana da cristaleira.

Porém, se havia dificuldades, eram ofuscadas em parte pelo fato de que a vida agora tinha uma dignidade maior do que no passado. Havia mais música, mais discursos, mais procissões. Napoleão tinha ordenado que uma vez por semana haveria algo chamado Manifestação Espontânea, cujo objetivo era celebrar a luta e os triunfos da Granja dos Bichos. Na hora determinada, os animais deixariam o trabalho e marchariam pela fazenda em formação militar, com os porcos liderando, depois os cavalos, as vacas, as ovelhas e por último as aves. Os cachorros flanqueavam a procissão, e na ponta marchava o galo preto de Napoleão. Lutador e Sortuda sempre carregavam uma bandeira marcada com o casco e o chifre e a frase "Vida Longa ao Camarada Napoleão!". Depois disso, vinha um sarau com poemas compostos em honra de Napoleão e um discurso de Garganta, citando detalhes dos aumentos mais recentes de gêneros alimentícios e, às vezes, havia uma salva de espingarda. As ovelhas eram as maiores devotas da Manifestação Espontânea e, se qualquer um reclamasse (como alguns animais faziam, longe dos ouvidos dos porcos e cachorros) que era uma perda de tempo e significava ficar vagando no frio, as ovelhas o silenciavam balindo "Quatro pernas bom, duas pernas ruim!". Mas a maioria dos bichos gostava das celebrações. Achavam reconfortante ser lembrados de que, afinal, eram os donos de si mesmos, e que o trabalho que faziam era em benefício próprio. Com as músicas, as procissões, as listas de números de Garganta, o estrondo da espingarda, o cocoricó do galo e o tremular da bandeira, eles podiam esquecer que suas barrigas estavam vazias, pelo menos por um tempo.

Em abril, a Granja dos Bichos foi proclamada república e se tornou necessário eleger um presidente. Só havia um candidato, Napoleão, que foi eleito por unanimidade. No mesmo dia, foi trazido a público que documentos recém-descobertos traziam novas revelações sobre a cumplicidade de Bola de Neve com Jones. Agora, era aparente que Bola de Neve não apenas tentara um estratagema para perder a Batalha do Estábulo como também lutou abertamente ao lado de Jones. Na verdade, ele era o líder das forças humanas e tinha atacado com um grito de guerra: "Vida Longa aos Humanos!". Os ferimentos que Bola de Neve sofreu, algo de que alguns animais se lembravam, tinham sido causados pelos dentes de Napoleão.

No alto verão, Moisés, o corvo, reapareceu subitamente, depois de alguns anos sumido. Continuava o mesmo, sem trabalhar e sempre contando a mesma lorota sobre a Montanha Doce. Se apoleirava em um toco, batia as asas e falava com quem se dispusesse a ouvir. "Lá em cima, camaradas", dizia, solene, apontando para o céu com seu grande bico, "lá em cima, do outro lado daquela nuvem escura, lá está a Montanha Doce, o lindo país onde nós pobres animais descansaremos para sempre!". Ele até alegava ter estado lá em um dos seus voos mais altos, e que tinha visto os campos sem fim de trevo e bolo de linhaça, e torrões de açúcar brotando nas sebes. Muitos dos animais acreditavam nele. Suas vidas agora, diziam, eram de fome e trabalho; não seria certeza a existência de um mundo melhor em outro lugar? Algo difícil de determinar era a posição dos porcos quanto a Moisés. Todos tinham declarado com desdém que as histórias sobre a Montanha Doce eram mentira, mas permitiam que ficasse na granja, sem trabalhar, recebendo um pequeno copo de cerveja por dia.

Cicatrizado seu casco, Lutador deu duro novamente, mais do que antes. De fato, todos os animais trabalharam como escravos naquele ano. Além do trabalho usual da granja e a reconstrução do moinho, havia a escola para os porquinhos, que tinha começado em março. Às vezes era difícil aguentar as longas horas com alimentação insuficiente, mas Lutador sequer vacilava. Ele não dava nenhum sinal de que sua força não era mais a mesma. Apenas sua aparência mudara um pouco. Seu couro não era mais tão brilhante quanto antigamente, suas grandes ancas pareciam caídas. Os outros diziam: "Lutador retornará à forma quando o pasto de primavera aparecer", mas veio a primavera e nada de Lutador ganhar peso. Às vezes, na encosta que levava à beira da pedreira, quando forçava os músculos contra o peso de um pedregulho, parecia que a única coisa que o mantinha de pé era sua força de vontade. Nesses momentos, era possível ver seus lábios dizendo "Trabalharei ainda mais", mas a voz lhe faltava. Sortuda e Benjamin o alertaram novamente para que cuidasse da saúde, mas Lutador ignorou. Seu décimo segundo aniversário se aproximava. Ele não se importava com o que acontecesse, desde que uma boa quantidade de pedras se acumulasse antes de sua aposentadoria.

No fim de uma tarde de verão, um súbito rumor correu a fazenda quanto a algo ter acontecido com Lutador. Ele tinha saído sozinho para arrastar uma carga de pedras para o moinho. Revelou-se que a boataria era verdadeira. Alguns minutos depois, dois pombos vieram esbaforidos trazendo a notícia: "Lutador tombou! Está caído e não consegue se levantar!"

Metade dos animais da granja correu para o morro onde ficava o moinho de vento. Lá estava Lutador, entre as varas da carroça, com o pescoço estirado, sem conseguir levantar a cabeça, de olhos vidrados e encharcado de suor. Um fio de sangue escorria de sua boca. Sortuda ajoelhou-se ao seu lado.

"Lutador!", gritou. "O que aconteceu?"

"É o meu pulmão", disse Lutador com a voz enfraquecida. "Não importa. Acho que vocês conseguirão terminar o moinho sem mim. Há uma grande quantidade de pedras. E eu só tinha mais um mês, de qualquer jeito. Pra falar a verdade, estava ansioso pela minha aposentadoria. Benjamin está ficando velho também, talvez deixem ele se aposentar para me fazer companhia."

"Precisamos de ajuda imediatamente", disse Sortuda. "Alguém corra e diga a Garganta o que aconteceu."

Todos os outros animais correram de volta para a casa-grande, levando a notícia até Garganta. Sobraram apenas Sortuda e Benjamin, que se deitou ao lado de Lutador e, quieto, manteve as moscas afastadas com sua longa cauda. Depois de quinze minutos, apareceu Garganta, cheio de simpatia e preocupação. Ele disse que o Camarada Napoleão já sabia do terrível infortúnio que se abateu a um dos mais leais trabalhadores da granja e que já estava trabalhando nos preparativos para que Lutador fosse tratado no hospital de Willingdon. Isso deixou todos os animais um tanto preocupados. Fora Mollie e Bola de Neve, animal algum jamais tinha saído da granja, e não gostavam da ideia de seu camarada adoentado nas mãos de seres humanos. No entanto, Garganta os convenceu facilmente de que o veterinário em Willingdon poderia tratar de Lutador muito melhor do que eles conseguiriam na granja. Por volta de meia hora depois, Lutador, levemente recuperado, mas ainda com dificuldades para ficar em pé, conseguiu voltar para sua baia, onde Sortuda e Benjamin tinham preparado uma boa cama de palha.

Nos dois dias seguintes, Lutador não saiu de sua baia. Os porcos mandaram uma grande garrafa de remédio cor-de-rosa que encontraram no baú de remédios no banheiro, que Sortuda dava a ele duas vezes por dia, depois das refeições. No fim da tarde, ela se deitava ao lado de Lutador para conversarem, enquanto Benjamin afastava as moscas. Lutador dizia não se arrepender do que tinha acontecido. Caso se recuperasse bem, ainda esperava viver mais uns três anos e esperava pelos dias calmos que passaria no canto do grande pasto. Seria a primeira vez em que teria tempo para estudar e aprimorar sua mente. Ele pretendia dedicar o resto de sua vida a aprender as outras vinte e duas letras do alfabeto.

No entanto, Benjamin e Sortuda só podiam ficar com Lutador depois do dia de trabalho, e foi bem no meio do dia que uma grande carroça veio buscá-lo. Os bichos estavam todos semeando a horta de nabos sob a supervisão de um porco quando se surpreenderam com Benjamin galopando, vindo dos galpões, zurrando o mais alto que podia. Foi a primeira vez que viram Benjamin alterado – na verdade, era a primeira vez que qualquer um tinha visto o burro galopando. "Rápido! Rápido!", gritou. "Venham logo! Estão levando

Lutador embora!". Sem esperar as ordens do porco, os animais largaram o trabalho e correram de volta. De fato, havia uma grande carroça, puxada por dois cavalos, com palavras escritas na lateral e um homem de aparência maliciosa sentado e segurando as rédeas. A baia de Lutador estava vazia.

Todos se amontoaram ao redor da carroça, dizendo em coro "Até logo, Lutador! Até logo!"

"Idiotas! Idiotas!", gritou Benjamin, empinando e batendo na terra com seus pequenos cascos. "Idiotas! Não veem o que está escrito ali?"

Isso fez com que os animais parassem e fizessem silêncio. Muriel começou a soletrar, mas Benjamin a empurrou de lado e, por cima daquele silêncio, leu:

"'Alfred Simmonds, Matadouro de Equinos e Fabricante de Cola, Willingdon. Vendemos Couro e Farinha de Osso. Fornecemos para Canis.' Não entendem o que isso significa? Estão levando Lutador para o carniceiro!"

Os bichos soltaram um grito de horror! Nesse momento, o homem açoitou seus cavalos e a carroça saiu do pátio. Todos a seguiram, gritando o mais alto que podiam. Sortuda forçou sua passagem para a frente. A carroça começou a acelerar. Sortuda tentou forçar seus pesados membros num galope e conseguiu apenas meio. "Lutador!", gritou. "Lutador! Lutador! Lutador!". E nesse momento, como que ouvindo o tumulto lá fora, o rosto de Lutador, com a listra branca no focinho, apareceu na pequena janela na traseira da carroça.

"Lutador!", gritou Sortuda com pavor na voz. "Lutador! Saia daí! Saia rápido! Estão te levando para o matadouro!"

Todos os animais acompanharam os berros de "Lutador! Saia daí!", mas a grande carroça já ganhara velocidade e se desprendia deles. Não havia como saber se Lutador entendeu o que Sortuda disse, mas logo seu rosto desapareceu da janela e ouviu-se um barulho de cascos batendo lá dentro. Houve um tempo em que alguns coices de Lutador teriam feito a carroça em pedaços. Mas, infelizmente, Lutador não tinha mais a mesma força, e logo o barulho diminuiu até sumir. Desesperados, os bichos começaram a apelar para os dois cavalos, para que parassem a carroça. "Camaradas, camaradas!", gritavam. "Não levem seu irmão para a própria morte!". Mas os brutos, ignorantes demais para entender o que aconteceria, simplesmente aceleraram o passo. O rosto de Lutador não apareceu mais na janela. Alguém pensou em correr à frente e fechar o portão de cinco barras, mas apenas um momento depois a carroça passou por ele e desapareceu rapidamente na estrada. Lutador nunca mais foi visto.

Três dias depois foi anunciado que Lutador morreu no hospital em Willingdon, apesar dos melhores cuidados que um cavalo poderia receber. Garganta veio dar a notícia aos outros. Disse ele ter estado presente nas últimas horas de Lutador.

"Foi a cena mais comovente que já vi!", disse Garganta, levantando uma pata para conter uma lágrima. "Estive ao seu lado até o último momento. No fim, quase esgotado demais para falar, ele sussurrou em meu ouvido que sua única tristeza foi morrer antes de o moinho de vento ser concluído. 'Em frente, camaradas', disse ele. 'Em nome da Revolução. Vida longa à Granja dos Bichos! Vida longa ao Camarada Napoleão! Napoleão está sempre certo.' Essas foram suas últimas palavras, camaradas."

Foi aí que a expressão de Garganta mudou. Ele fez silêncio por um segundo, olhando para todos os lados com seus olhinhos antes de prosseguir.

Tinha chegado ao seu conhecimento, disse ele, que um boato ridículo e maldoso circulou a respeito da remoção de Lutador. Alguns animais notaram que na carroça que levou Lutador lia-se "Matadouro de Cavalos" e concluíram precipitadamente que Lutador foi levado para o carniceiro. Era quase inacreditável, disse Garganta, que qualquer animal pudesse ser tão burro. "É claro", disse ele indignado, pulando de um lado para o outro, "que todos conheciam seu amado Líder, Camarada Napoleão, melhor do que isso, não? Mas a explicação era muito simples. A grande carroça tinha sido comprada pelo cirurgião veterinário, que ainda não tivera o tempo necessário para pintar seu nome por cima do anterior. Foi daí que surgiu a confusão."

Os bichos ficaram enormemente aliviados ao saber disso. E quando Garganta prosseguiu, dando mais detalhes sobre a morte de Lutador, o admirável cuidado que recebeu e os dispendiosos remédios que Napoleão comprou, a despeito do custo, deixaram de lado as dúvidas, e a dor que sentiam pelo falecimento do camarada foi apaziguada pela noção de que pelo menos morreu feliz.

Napoleão apareceu em pessoa na reunião do domingo seguinte e fez uma pequena oração em honra de Lutador. Disse ele que não puderam trazer de volta o corpo do camarada para que fosse enterrado na granja, mas ordenou que uma grande coroa fosse feita com os louros do jardim da casa-grande e colocada no túmulo de Lutador. Dentro de alguns dias, os porcos pretendiam fazer um banquete em memória de Lutador. Napoleão terminou seu discurso lembrando os lemas de Lutador: "Trabalharei ainda mais" e "Camarada Napoleão está sempre certo", lemas que, disse ele, todo animal faria bem em adotar também.

No dia do banquete, uma carroça do mercado entregou uma grande caixa na casa-grande. Naquela noite houve muita cantoria, que foi seguida por algo que soou como um violento desentendimento e acabou por volta das onze horas com o barulho de vidro quebrando. Na casa-grande, ninguém se levantou antes do meio-dia. Correu pela granja um boato de que os porcos tinham conseguido dinheiro para comprar para si outro engradado de uísque.

Capítulo 10

Os anos passaram. As estações se alternaram e as curtas vidas dos animais passaram também. Chegou um tempo em que ninguém mais se lembrava da época anterior à Revolução, a não ser por Sortuda, Benjamin, Moisés e alguns porcos.

Muriel morreu; Florzinha, Jessie e Pincher morreram. Jones morreu também, em um asilo para alcoólatras em outra parte do país. Bola de Neve foi esquecido. Lutador foi esquecido, a não ser pelos poucos que o conheceram. Sortuda agora era uma velha égua corpulenta, com as juntas enrijecidas e cataratas nos olhos. Já tinha superado em dois anos a idade de aposentadoria, mas, de fato, animal algum jamais se aposentara. A conversa sobre separar um canto do pasto para os mais velhos tinha há muito sido superada. Napoleão agora era um grande porco de cento e cinquenta quilos. Garganta tinha engordado tanto que mal conseguia enxergar com seus olhinhos. Apenas Benjamin continuava praticamente o mesmo, se não um tanto grisalho no focinho, e mais taciturno do que nunca desde a morte de Lutador.

Havia muitos outros bichos na granja agora, ainda que o aumento não tivesse sido o que se esperava nos primeiros anos. Para muitos dos animais, a Revolução era agora apenas uma tradição distante, repassada verbalmente. Outros nem sequer foram informados de qualquer coisa do tipo. A granja agora tinha três outros cavalos além de Sortuda. Eram lindas feras, bons camaradas que trabalhavam duro, mas muito burros. Nenhum deles foi capaz de passar da letra B no alfabeto. Aceitaram tudo que tinham ouvido sobre a Revolução e os princípios do Animalismo, principalmente de Sortuda, a quem respeitavam quase como uma mãe, mas era de se duvidar que tivessem entendido algo.

A granja ficou mais próspera e bem organizada. Tinha sido aumentada em dois campos, comprados do Sr. Pilkington. O moinho foi finalmente concluído com sucesso, e a granja possuía uma debulhadeira e um elevador de feno, e vários novos edifícios foram erguidos. Whymper comprou uma charrete para si. O moinho, no entanto, não era utilizado para gerar energia elétrica. Servia para moer milho e gerava um belo lucro em dinheiro. Os animais trabalhavam duro para construir outro moinho; e quando estivesse finalizado, dizia-se, seriam instalados os dínamos. Mas os luxos que Bola de Neve incutiu nos sonhos dos bichos, as baias com luz elétrica e água aquecida, a semana de três dias de trabalho... nada disso era mencionado. Napoleão denunciou as ideias como contrárias ao espírito do Animalismo. A verdadeira felicidade, dizia ele, estava em trabalhar duro e viver de maneira humilde.

De algum modo, parecia que a granja tinha enriquecido, sem que o mesmo se desse com os animais, a não ser, é claro, pelos porcos e cachorros. Talvez seja pelo fato de serem muitos os porcos e os cachorros. Não que esses bichos não trabalhassem, cada qual a seu modo. Como Garganta nunca cansava de explicar, o trabalho de supervisionar e organizar a granja não tinha fim. Muito desse trabalho era de um tipo que os outros animais eram ignorantes demais para entender. Por exemplo, Garganta dizia a todos que os porcos tinham que passar muito tempo, todos os dias, debruçados sobre coisas misteriosas chamadas “arquivos”, “relatórios”, “minutas” e “memorandos”. Eram grandes folhas de papel que precisavam ser preenchidas com palavras e, assim que eram finalizadas, precisavam ser queimadas na fornalha. Isso tudo era da maior importância para o bem da granja, dizia Garganta. Mesmo assim, nem porcos nem cachorros produziam alimentos com seu trabalho; e havia muitos deles, com um apetite sempre voraz.

Quanto aos outros, até onde sabiam, a vida era como sempre tinha sido. Passavam fome na maior parte do tempo, dormiam em camas de palha, bebiam a água do açude e trabalhavam no campo; no inverno eram incomodados pelo frio; no verão, pelas moscas. Às vezes, alguns dos mais velhos buscavam em suas memórias dos primeiros dias da Revolução, quando a expulsão de Jones ainda era recente, se as coisas eram melhores ou piores do que agora. Não conseguiam se lembrar. Não havia com que comparar o que viviam no presente: tudo que tinham eram as listas de Garganta, que, invariavelmente, demonstravam que tudo ficava cada vez melhor. Para os bichos, era um problema impossível de ser solucionado. De qualquer modo, não tinham tempo para especular sobre essas coisas agora. Apenas o velho Benjamin dizia se lembrar de cada detalhe de sua longa vida e saber que as coisas nunca tinham sido nem jamais poderiam ser muito melhores ou piores – fome, dificuldades e decepção, dizia ele, são as leis inalteráveis da vida.

Mesmo assim, os animais nunca deixaram de ter esperança. Mais ainda: eles nunca perderam, nem por um instante, o sentimento de honra e o privilégio de serem membros da Granja dos Bichos. Ainda era a única granja em todo o condado – em toda a Inglaterra! – administrada e de propriedade de animais. Nenhum deles, nem mesmo os mais jovens ou os recém-chegados, trazidos de outras granjas a quinze ou trinta quilômetros dali, jamais deixou de se maravilhar com isso. E quando ouviam um tiro da espingarda e viam a bandeira verde tremulando no mastro, seu coração se inflava com um orgulho imortal, e a conversa sempre acabava se direcionando para os dias antigos, a expulsão de Jones, a redação dos Sete Mandamentos, as grandes batalhas em que os invasores humanos foram derrotados. Nenhum dos antigos sonhos foram abandonados. Ainda se acreditava na República dos Bichos que Major tinha previsto, quando os verdes campos da Inglaterra não seriam perturbados por pés humanos. Ela chegaria algum dia. Poderia chegar logo ou além do tempo de vida dos animais que viviam agora, mas ainda viria. Mesmo a canção "Bichos da Inglaterra" talvez fosse murmurada secretamente aqui e ali. Enfim, era fato que todo animal na granja sabia a melodia, ainda que ninguém se atrevesse a cantar em voz alta. Talvez a vida fosse realmente dura e nem todas as esperanças se concretizassem, mas havia a consciência de que eles não eram como os outros animais. Se passassem fome, não seria para alimentar humanos tiranos; se trabalhassem duro, pelo menos trabalhavam para si mesmos. Criatura alguma entre eles caminhava sobre duas pernas. Criatura alguma chamava a outra de "Mestre". Todos os animais eram iguais.

Certo dia, no início de um verão, Garganta ordenou que as ovelhas o seguissem para um terreno baldio do outro lado da granja, que estava infestado de mudas de vidoeiro. As ovelhas passaram o dia inteiro remexendo as folhas secas, sob a supervisão de Garganta. No fim da tarde, ele voltou para a casa-grande, mas, como o tempo estava quente, ele mandou que as ovelhas ficassem ondem estavam. Acabou que elas acabaram ficando lá por uma semana inteira, sem que qualquer um dos outros animais as visse. Disse ele que estava ensinando a elas uma nova canção e para isso a privacidade se fazia necessária.

Foi apenas quando as ovelhas voltaram, em uma tarde agradável em que os animais tinham finalizado o dia de trabalho e retornavam para os galpões, que o relinchar aterrorizado de um cavalo ressoou pelo pátio. Alarmados, os bichos pararam onde estavam. Era a voz de Sortuda. Ela relinchou novamente e todos foram a galope até o pátio. Então viram o que Sortuda tinha visto.

Um porco andando sobre as duas patas traseiras.

Sim, era Garganta. Um tanto vacilante, já que não estava acostumado a apoiar sua considerável massa naquela posição, mas com equilíbrio perfeito, caminhando pelo pátio. Um momento depois, saiu pela porta da casa-grande uma longa fila de porcos, todos caminhando em duas patas. Alguns se saíam melhor que os outros, um ou dois mais desequilibrados e parecendo que a ajuda de uma bengala seria bem-vinda, mas todos eles deram uma volta bem-sucedida no pátio. E, finalmente, houve um tremendo ladrar de cachorros e um cocoricó do galo preto: pela porta veio o próprio Napoleão, majestosamente em pé, olhando com altivez para os lados, com seus cachorros saltitando ao seu redor.

Ele levava um açoite em sua pata.

Fez-se um silêncio mortal. Impressionados, apavorados, ombro a ombro, os animais viram a longa fila de porcos marchando lentamente pelo pátio. Era como se o mundo tivesse virado de cabeça para baixo. Então o choque inicial se dissipou. Apesar de tudo, apesar do medo que sentiam dos cachorros e o hábito adquirido durante os anos de nunca reclamar, nunca criticar, não importa o que acontecesse – os bichos poderiam ter elevado a voz em protesto, ainda que uma só palavra. Mas bem naquele momento, como se tivesse havido um sinal, todas as ovelhas se engajaram em um balir gigantesco:

"Quatro pernas bom, duas pernas MELHOR! Quatro pernas bom, duas pernas MELHOR!

"Quatro pernas bom, duas pernas MELHOR!"

Foram cinco minutos, sem interrupção. E quando as ovelhas se aquietaram, a chance de emitir qualquer protesto tinha passado, pois os porcos tinham marchado de volta para a casa-grande.

Benjamin sentiu o toque de um focinho no ombro. Olhou para trás. Era Sortuda. Seus olhos pareciam mais encobertos que o normal. Sem dizer uma palavra sequer, ela o puxou gentilmente pela crina e o levou para a parede de trás do grande celeiro, onde estavam escritos os Sete Mandamentos. Por um minuto ou dois eles ficaram observando a parede, com suas letras brancas.

"Minha visão está falhando", disse ela finalmente. "Mesmo quando eu era jovem, não conseguia ler o que está escrito aqui. Mas me parece que a parede está diferente. Os Sete Mandamentos ainda são o que costumavam ser, Benjamin?"

Uma vez na vida, Benjamin aceitou quebrar sua regra e leu para ela o que estava escrito na parede. Tudo que havia lá agora era um único Mandamento. Dizia o seguinte:

TODOS OS ANIMAIS SÃO IGUAIS
MAS ALGUNS SÃO MAIS IGUAIS QUE OS OUTROS

Depois disso, não pareceu estranho que no dia seguinte os porcos que supervisionavam o trabalho da granja carregassem chicotes. Não pareceu estranho que os porcos tivessem comprado um rádio e faziam os preparativos para a instalação de um telefone, e houvessem agora feito assinaturas do *John Bull, Tit-Bits* e o *Daily Mirror*. Não pareceu estranho quando Napoleão foi visto caminhando na casa-grande com um cachimbo na boca – não, nem quando os porcos pegaram as roupas do Sr. Jones nos guarda-roupas e as vestiram, Napoleão usando um casaco preto, calças de caça e botas de couro, enquanto sua porca favorita vestia um vestido de seda que a Sra. Jones costumava usar aos domingos.

Uma semana depois, de tarde, diversas charretes chegaram na granja. Uma delegação de granjeiros vizinhos tinha sido convidada para uma inspeção. Foi-lhes mostrada toda a granja, e expressaram grande admiração por tudo que viram, em especial pelo moinho de vento. Os bichos estavam arrancando ervas daninhas na horta de nabos. Trabalhavam com muita atenção, mal levantando seus rostos de perto do chão, sem saber se deveriam ter mais medo dos porcos ou dos visitantes humanos.

Naquela tarde, muitas risadas e cantoria vieram da casa-grande. E de repente, ao som das vozes misturadas, os animais foram tomados pela curiosidade. O que poderia estar acontecendo lá dentro, agora que bichos e seres humanos se encontravam em termos de igualdade pela primeira vez? Todos com a mesma ideia, entraram o mais sorrateiramente possível no jardim da casa-grande.

Pararam no portão, um tanto assustados, mas Sortuda os guiou para dentro. Andaram na ponta dos pés, os mais altos conseguiam espiar pelas janelas da sala de estar. Ali, ao redor da mesa, estavam sentados uma dúzia de granjeiros e meia dúzia dos porcos mais proeminentes, Napoleão ocupando o lugar de honra, na ponta da mesa. Os porcos pareciam completamente confortáveis em suas cadeiras. O grupo estava se divertindo com um jogo de cartas, mas pararam por um momento, obviamente, para fazer um brinde. Uma grande jarra circulava e os copos se enchiam de cerveja. Ninguém percebeu as caras estupefatas dos bichos que observavam na janela.

O Sr. Pilkington, de Foxwood, se levantou, com a caneca na mão. Queria convidar os outros a um brinde. Mas, antes, tinha algumas palavras que sentia que era seu dever que fossem ditas.

Disse ele que era uma grande fonte de satisfação – para ele mesmo e, por certo, para todos os presentes – sentir que um longo período de desconfiança e desentendimento tivesse chegado ao fim. Houve um tempo – não que ele ou a presente companhia compartilhassem desse sentimento –, mas houve um tempo em que os respeitados proprietários da Granja dos Bichos eram vistos, diria ele, não com hostilidade, mas talvez com certo nível de apreensão por seus vizinhos humanos. Incidentes infelizes ocorreram, ideias errôneas se espalharam. Parecia que a existência de uma fazenda pertencente e administrada por porcos era algo anormal e que teria efeitos perturbadores sobre a região. Muitos granjeiros presumiram, sem o devido questionamento, que em uma granja como essa um espírito de libertinagem e indisciplina reinaria. Causavam a eles nervosismo os possíveis efeitos que isso poderia ter sobre seus próprios animais ou mesmo sobre seus empregadores humanos. Mas todas essas dúvidas foram dissipadas. Hoje, ele e seus amigos tinham visitado a Granja dos Bichos e inspecionado cada centímetro com seus próprios olhos, e o que encontraram? Não apenas métodos mais atuais, mas também uma disciplina e uma ordem que deveriam ser exemplos para granjeiros em todo lugar. Ele acreditava que estava certo quando dizia que os animais inferiores da Granja dos Bichos trabalhavam mais e recebiam menos alimento que quaisquer outros no condado. De fato, ele e seus companheiros visitantes tinham hoje observado muitas coisas que eles mesmos pretendiam implantar em suas granjas imediatamente.

Ele terminaria suas colocações, disse, enfatizando mais uma vez os sentimentos de amizade que existiam e haveriam de existir entre a Granja dos Bichos e seus vizinhos. Entre porcos e seres humanos não havia e não precisava haver nenhum tipo de conflito de interesses. Suas lutas e dificuldades eram as mesmas. A força de trabalho não era o mesmo problema em todo lugar? Aqui ficou aparente que o Sr. Pilkington produziria algum trocadilho meticulosamente preparado, mas ele pareceu totalmente tomado pelo divertimento, a ponto de não conseguir articular. Depois de muitos engasgos, durante os quais seus diversos queixos ficaram roxos, ele conseguiu dizer: "Se vocês têm problemas com seus animais inferiores, nós temos com as classes inferiores!". Esse *bon mot*[1] colocou toda a mesa em polvorosa. O Sr. Pilkington parabenizou novamente os porcos pelas rações diminutas, as longas horas de trabalho e a generalizada ausência de mimos na Granja dos Bichos.

E agora, ele disse finalmente, gostaria que todos ficassem de pé e se certificassem de que seus copos estivessem cheios. "Cavalheiros", concluiu o Sr. Pilkington, "cavalheiros, um brinde à prosperidade da Granja dos Bichos!".

---

[1] Em francês, significa um dito espirituoso.

Houve uma comemoração entusiasmada e pés batendo contra o chão. Napoleão ficou tão satisfeito que deixou seu lugar e deu a volta na mesa para tocar sua caneca contra a do Sr. Pilkington antes de esvaziá-la. Quando a comemoração baixou, Napoleão, que permaneceu de pé, disse que queria também dizer algumas palavras.

Como todos os discursos de Napoleão, foi curto e direto ao assunto. Ele também estava contente com o fim do período de desentendimentos. Por muito tempo houve boatos – ele tinha motivos para acreditar que tinham sido espalhados por alguém mal-intencionado – de que havia algo de subversivo ou até mesmo revolucionário nos pontos de vista dele e de seus colegas. Havia sido creditada a eles uma tentativa de incitar a rebelião entre os animais das granjas vizinhas. Nada poderia ser mais mentiroso! Seu único desejo, agora e no passado, era viver em paz e ter relações normais de negócios com seus vizinhos. Esta granja, que ele tinha o prazer de controlar, era um empreendimento cooperativo. As escrituras que possuía eram de propriedade conjunta dos porcos.

Ele não acreditava, disse, que qualquer uma das antigas suspeitas permanecesse, mas certas mudanças haviam sido aplicadas recentemente na rotina da granja e que deveriam surtir o efeito de inspirar ainda mais confiança. Até aquele momento, os bichos da granja tinham o tolo costume de chamar um ao outro de "camarada". Isso seria suprimido. Havia também outro estranho costume, cuja origem era desconhecida, de desfilar toda manhã de domingo diante de um crânio de porco que havia sido pregado a um poste no jardim. Isso também seria suprimido, e o crânio já havia sido enterrado. Talvez os visitantes também já tivessem observado a bandeira verde que balançava no mastro. Se sim, poderiam ter notado também que o casco e chifre brancos tinham sido removidos. De agora em diante, era uma simples bandeira verde.

Tinha apenas uma crítica, disse ele, para fazer quanto ao excelente discurso de seu vizinho. O Sr. Pilkington tinha se referido à "Granja dos Bichos". Ele não tinha como saber – pois Napoleão estava anunciando apenas agora – que o nome "Granja dos Bichos" tinha sido abolido. A partir daquele momento, a granja seria conhecida como Granja do Solar" – que, acreditava ele, era um nome correto e original.

"Cavalheiros", concluiu Napoleão, "faço um brinde igual ao anterior, mas de forma diferente. Encham seus copos até o topo. Cavalheiros: um brinde à prosperidade da Granja do Solar!"

Houve a mesma comemoração anterior e as canecas foram esvaziadas. Mas enquanto os bichos lá fora observavam a cena, parecia que algo estranho acontecia. O que tinha alterado a face dos porcos? Os olhos velhos e encobertos de Sortuda iam de rosto em rosto. Alguns deles tinham cinco queixos, outros tinham quatro, outros, três. Mas o que parecia estar derretendo e se metamorfoseando? Por fim os aplausos acabaram, todos pegaram suas cartas, continuaram o jogo que tinha sido interrompido, e os bichos se afastaram em silêncio.

Mas eles não tinham caminhado nem vinte metros quando pararam. Uma gritaria enorme vinha da casa. Correram de volta e olharam pela janela novamente. Sim, uma violenta discussão acontecia. Havia berros, batidas na mesa, olhares de suspeita, negativas furiosas. A fonte de todo o problema parecia ser o fato de que Napoleão e o Sr. Pilkington apresentaram um ás de espadas ao mesmo tempo.

Doze vozes gritavam de irritação e eram todas iguais. Não havia mais dúvidas quanto ao que acontecera com o rosto dos porcos. As criaturas lá fora olhavam de porco para homem, de homem para porco e de porco para homem novamente, mas já era impossível dizer qual era qual.

Conheça outros livros do selo Culturama Plural

TRISTE FIM DE POLICARPO QUARESMA

Lima Barreto

Policarpo Quaresma é, acima de tudo, um patriota. Personagem principal do livro ambientado no final do século XIX, ele ama o seu país com todo o seu coração, em um sentimento enlevado, e seus estudos e livros – condenados pelos vizinhos, já que ele não é formado – versam sempre sobre o Brasil. Sua tentativa de honrar os costumes nacionais o leva a extremos como sugerir, em uma carta enviada à Câmara, que o Congresso Nacional decrete o tupi-guarani como língua oficial e nacional do povo brasileiro. Motivo de pilhérias, o fato o levou a ser taxado como louco e até a ser internado em um hospital para pessoas com transtornos psiquiátricos. Mas Policarpo não desiste de seus sonhos patrióticos, embarcando assim em outros projetos que ninguém parece levar a sério e com os quais acaba não encontrando êxito. Triste fim de Policarpo Quaresma é um romance que traduz a alma do Brasil, trazendo figuras e fatos históricos, o qual não deixa de transparecer as críticas de Lima Barreto à sociedade da época.

O MÁGICO DE OZ

L. Frank Baum

Dorothy e seu cachorrinho Totó viviam em uma fazenda no Kansas com seus tios, quando um ciclone os transportou para a Terra de Oz. Por lá, ao percorrer o famoso caminho de tijolos amarelos, se depararam com muitas aventuras e com a magia de bruxas, magos e sapatos. Nessa jornada em busca de uma solução para voltar para casa, a dupla vai fazer novos amigos – como o Espantalho, o Lenhador de Lata e o Leão Covarde – e se unir a eles para realizar seus próprios sonhos e desejos.

POLLYANNA

Eleanor H. Porter

Pollyanna era apenas uma garotinha de 11 anos quando foi morar com a sua tia, a srta. Polly, após o falecimento de seu pai. Órfã, ficou evidente, ao chegar na sua nova morada, que ela procurava ficar contente com tudo – mesmo quando sua tia, apesar de rica e morar em uma mansão, lhe concedia apenas um sótão austero como quarto. Aliás, ela havia aprendido o jogo do contente com seu pai, no qual era necessário encontrar algo pelo qual ficar feliz em qualquer situação, e passou a ensiná-lo a todos que encontrava, como ao solitário sr. John Pendleton, ou à doente e amargurada sra. Snow. Aos poucos, a ingenuidade, o otimismo e o encantamento de Pollyanna começam a contagiar a vizinhança, provando que a vida é bela e há felicidade em tudo o que se vê, basta que, para isso, enxergue-se o lado bom das coisas, das situações e das pessoas.

O PEQUENO PRÍNCIPE

Antoine de Saint-Exupéry

Um dos livros mais conhecidos do mundo, O Pequeno Príncipe é um clássico escrito pelo francês Antoine de Saint-Exupéry em 1943. A história narra as aventuras de um inocente menino que vive em um pequeníssimo planeta, até o momento em que vem parar na Terra. Aqui, ele encontra um piloto que tenta consertar o seu avião para poder sair do deserto, onde caiu. Na obra, o pequeno príncipe vai contar como deixou para trás a sua rosa, que lhe era preciosa, e como passou por outros planetas, conhecendo estranhas pessoas grandes. De uma forma sensível e poética, a narrativa nos conduz a muitas reflexões pertinentes sobre a felicidade, a beleza da vida e o que deixamos para trás ao crescer.

SENHORA

José de Alencar

Um dos mais famosos romances brasileiros, ***Senhora*** narra uma história de amor repleta de percalços devido ao dinheiro. Aurélia Camargo era apenas uma moça pobre quando se apaixonou por Fernando Seixas, e aceitou ser sua noiva. Porém, ele a deixou em busca de um dote maior, que permitisse levar uma vida de ostentação. Quando, contudo, Aurélia recebe uma inesperada herança e torna-se milionária, ela irá atrás deste amor em busca da reparação de sua honra e da vingança contra o homem a quem entregou o seu coração.

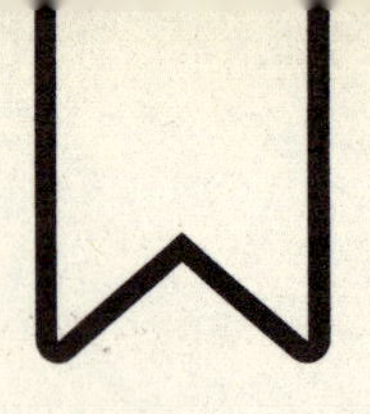

PENSANDO COMO SIGMUND FREUD

Daniel Smith

A obra de Sigmund Freud, um dos pensadores mais importantes dos últimos duzentos anos, redefiniu os campos da neurologia e psicoterapia e a forma como entendemos a mente humana. A maioria das vertentes da psicanálise pode ainda hoje remontar de volta aos avanços do conhecimento que ele fez tantos anos atrás. *Pensando como Sigmund Freud* examina essas ideias e outras buscando conhecer uma mente acima de tudo: a de uma pessoa que lutou contra as próprias neuroses enquanto tentava entender as dos outros. Descubra como as motivações e filosofias de um homem que ousou enfrentar problemas evitados por outros transformaram o que era um estudo obscuro em uma ciência real. Com este livro, você também pode pensar como o homem que veio a compreender a condição humana melhor do que qualquer outro.

PENSANDO COMO CHURCHILL

Daniel Smith

Uma das grandes figuras da história moderna, Winston Churchill liderou seu país da hora mais sombria — isolado e enfrentando uma possível invasão — até o auge, enquanto dava ao mundo o tempo e o espaço necessários para derrotar os exércitos de Hitler. Este livro inspirador convida você a explorar a abordagem única de Churchill para lidar com os profundos desafios políticos de sua época e traça as ideias e influências díspares que ajudaram a moldar sua personalidade e perspectiva, decodificando-as para revelar como você pode aplicar seus métodos e práticas a todas as áreas da vida. Você também poderá aprender a pensar como o homem que ganhou a reputação de maior britânico que já existiu.

24 HORAS NO ANTIGO EGITO

Philip Matyszak

Volte no tempo para o Egito antigo para passar um dia com as pessoas que moravam lá. É 1414 a.C., o 12º ano do reinado de Amenotepe II, na XVIII Dinastia do Novo Reino do Egito, e época de construção do império. Neste livro, você descobrirá como era um dia no Egito antigo, passando 24 horas com o povo de Tebas, uma das capitais políticas e religiosas mais importantes do país. A cada hora, você encontrará um egípcio diferente – de fazendeiros a soldados, de carpideiras profissionais a parteiras, de construtores a sacerdotes – e descobrirá as várias camadas da sociedade egípcia. Descubra os perigos de se desenhar um hieróglifo incorretamente, como as gorduras de íbex e de hipopótamo podem curar a calvície e conheça o verdadeiro Egito antigo através dos olhos de seu povo.

24 HORAS NA ANTIGA ATENAS

Philip Matyszak

Volte no tempo para a Atenas da Antiguidade e passe um dia com as pessoas que viveram lá. É 416 a.C., e Atenas está no auge: seu poderio político e militar é temido em todo o Mundo Antigo, ao mesmo tempo em que a cidade testa os limites da experimentação social, literária e filosófica. Ao longo de um dia comum, encontramos 24 atenienses típicos —da menina escrava ao político; da vendedora de peixe ao pintor de vasos; do cavaleiro ao médico — e descobrimos como era a verdadeira Atenas, passando uma hora com cada um deles. Descubra os segredos do simpósio grego, os mistérios das acólitas da deusa Atena, como amaldiçoar um rival e as intrigas entre Atenas e seus inimigos, enquanto a cidade paira à beira da guerra fatídica que destruirá sua era de ouro.